Endlich wieder Italien,
jubelte alles in ihr.

Sonne. Blauer Himmel.
Palmen,
deren Zweige sich

langsam im Wind
bewegten und dabei
leise knarrten.

München – Taormina.
Zwei Stunden Flug,
dachte Stefanie,

schon ist man in
einer völlig
anderen Welt.

Julia Falckenbach

Hotel Italia

Frühling in Taormina

Roman

Wunderlich Taschenbuch

Originalausgabe
Veröffentlicht im Rowohlt Taschenbuch Verlag GmbH,
Reinbek bei Hamburg, Juli 1999

Redaktion TEXT+STIL, Sybil Volks
Umschlaggestaltung Susanne Heeder
(Foto: Transglobe Agency/Power Stock)

Gesamtherstellung Clausen & Bosse, Leck
Printed in Germany
ISBN 3 499 26163 4

Prolog

Bereits am frühen Vormittag war es so heiß in Palermo, als stünde nicht nur die Sonne am wolkenlosen Himmel, sondern vier Feuerbälle, unter deren Glut die Stadt zu verbrennen schien.

Auf dem Fischmarkt schwitzten sogar die muskulösen jungen Männer, die eine Kiste mit gestoßenem Eis nach der anderen zu den Verkaufsständen schleppten, wo es unter Schwertfischen und Tintenfischen sofort zu verdampfen schien. Im August beschränkten sich auf Sizilien auch die eitelsten Frauen beim Make-up auf Lippenstift und Transparentpuder.

Wenn der alte Italiener in seinem Bett unter der Hitze ebensowenig litt wie sein Besucher, so nur wegen der Klimaanlage, die geräuschlos kühle Luft in sein Zimmer im Krankenhaus blies.

«Giovanni, du wirst schon wieder auf die Beine kommen», sagte der Besucher. «Unterschätze die Ärzte nicht. Die können heutzutage eine Menge.»

Der alte Mann im Bett versuchte sich aufzurichten: «Spar dir die Mühe. Meine Uhr ist abgelaufen. Ich brauche keinen Trost.»

Der Besucher wollte widersprechen, doch ein Blick des Kranken verschloß ihm den Mund. «Also gut», sagte er sachlich. «Was kann ich noch für dich tun?»

«So gefällst du mir viel besser», sagte der Kranke. «Mein

Testament ...» Ein Hustenanfall erschütterte seinen dünn gewordenen Körper. «Das Vermächtnis ist doch rechtswirksam? Ich will nicht, daß das Hotel in andere Hände gerät.»

Der Besucher hatte Mühe, seine Ungeduld zu verbergen. «Ich habe es dir schon hundertmal erklärt, Giovanni. Dein Testament ist völlig in Ordnung. Es wird alles so geschehen, wie du willst. Aber wenn es dir hilft ...» Er griff in die Tasche seiner dunklen Jacke und reichte dem Kranken ein Papier. «Hier hast du es schwarz auf weiß! Ich habe die Urkunde längst beim Gericht hinterlegt. Antonia wird sich zwar ärgern, aber sie kann nichts dagegen unternehmen.»

Der Kranke warf einen Blick auf das Papier und ließ es dann aus seinen schwachen Händen auf das Bettuch gleiten. Er wirkte erleichtert, doch dann wurden seine Augen wieder unruhig. «Die Deutsche wird Fragen stellen. Viele Fragen. Ich möchte nicht, daß sie irgendwann erfährt ...»

Die weiße Leinengardine vor dem großen Fenster des Krankenzimmers war geschlossen. Dennoch wirkten die Augen des alten Mannes jetzt, als könne er in weite Ferne blicken. Vielleicht sah er aber auch nur zurück in eine lange vergangene Zeit.

«Von mir erfährt niemand auch nur das geringste», sagte der Besucher, Notar Bonello aus Catania. «Und ich werde sie im Auge behalten. Wenn sie dein Hotel allerdings verkaufen möchte ... Sobald es ihr überschrieben ist, kann sie damit machen, was sie will.»

Ein Hustenanfall holte den Kranken aus seinen Erinnerungen zurück: «Sie wird dieses Juwel nicht verkaufen», sagte er heiser. «In ihren Adern fließt mein Blut.»

Eins

Stefanie hatte gerade ein goldenes Ei unter einen triumphierend krähenden Hahn kopiert, als es passierte. Nichts bewegte sich mehr auf ihrem Bildschirm. Sogar der Cursor war plötzlich verschwunden. Diese verdammten Computer, dachte sie. Sobald man mit einem Grafikprogramm halbwegs zurechtkommt, wird es unverzüglich durch ein neues ersetzt. Und zwar durch ein noch komplizierteres.

Sie drosch wütend auf die Tastatur, ging um ihren Tisch herum und rüttelte an allen Kabeln, doch es half nichts. Abgestürzt. Sie fühlte, daß ihr das Blut ins Gesicht schoß. Mein Computer ist wieder abgestürzt. Und das ausgerechnet heute, wo der Verkaufsprospekt für den neuen Aktienfonds fertig werden muß. Am besten das Programm neu starten. Mist. Dann geht alles flöten, was ich bisher geschafft habe.

In diesem Moment kam Ralph Dieter Weber in das kleinste aller Zimmer der Werbeagentur *Weber and Friends*, wo Stefanie seit drei Jahren arbeitete. Wie meist hatte RDW – so nannten alle in der Agentur den Chef – seine verwaschene hellblaue Jeans an. Eine echte *Calvin Klein*. Die obersten drei Knöpfe seines blütenweißen Hemdes waren geöffnet. Vermutlich, damit jeder soviel wie möglich von seinem im Sonnenstudio gebräunten Körper sehen konnte.

«Wann bekomme ich denn endlich das Layout?» fragte er ärgerlich. «Ich will die Entwürfe heute noch dem Kunden rüberfaxen.»

«Weiß ich! Aber mehr als arbeiten kann ich nicht. Zwei Stunden brauche ich noch.»

«Zwei Stunden», sagte Weber. «Ich verlasse mich auf dich.»

Sie nickte, blickte auf den Bildschirm und tippte auf der Tastatur. In solchen Situationen war sie froh über die Enge in ihrem Büro. Sie hatte ihren Tisch mit dem Computer so gestellt, daß ihr niemand über die Schulter auf ihren Bildschirm blicken konnte. Sobald RDW ihr Büro verlassen hatte, huschte sie über den Flur in das Zimmer gegenüber.

Bodo Fechner mußte – das behaupteten jedenfalls alle in der Agentur – schon mit einem *Gameboy* in der Hand geboren worden sein. Weber beklagte zwar regelmäßig, daß er der schlechteste Fotograf der Welt sei. Doch er war ein Genie am Computer. Das machte ihn für die Werbeagentur unersetzlich.

Als Stefanie in sein Büro trat, saß Bodo allerdings nicht vor dem Bildschirm, sondern am Lichttisch. Er hatte ein Messer in der Hand und säbelte gerade von einem Kilo Käse ein riesiges Stück ab.

«Na, wieder eine Woche Atkins-Diät?»

Er nickte. «In Zukunft kein einziges Kohlehydrat mehr», verkündete er düster. «Kohlehydrate bringen den Menschen um.»

«Mich nicht!» sagte Stefanie. «Ich kann essen, was ich will. Und ich nehme trotzdem kein Gramm zu. Gesunde Mischkost ist noch immer das beste.»

Das fehlt mir gerade noch, dachte sie. Mit Bodo über gesunde Ernährung diskutieren. Doch als er mit dem Käse in der Hand zu seiner Fototasche ging und zusätzlich ein großes Stück Fleischwurst herausholte, tat er ihr plötzlich leid. Bodo war keine zwei Jahre älter als sie. Noch nicht einmal fünfunddreißig. Wie konnte man sich nur so gehenlassen? Als ob der Rettungsring aus Fett, der um seine Taille waberte, nicht schon schlimm genug gewesen wäre, hatte er sich offensichtlich auch seit mindestens drei Tagen nicht rasiert.

Wenn sie solche Männer sah, wußte sie, was sie an ihrem Peter hatte. Der war zwar pedantisch wie ein Hauptbuchhalter, doch er duschte morgens auch fast eine halbe Stunde.

Bodo aß genüßlich sein Stück Käse und verschlang die Wurst. Als er sich den Mund mit dem Handrücken abgewischt hatte, blickten sie die freundlichsten Augen der Welt an. «Wieder Probleme mit deinem *Mac*?»

Stefanie nickte. «Wenn RDW die Layouts nicht in drei Stunden auf dem Tisch hat, springt er im Quadrat.»

«Hast du wenigstens zwischengespeichert?»

«Ich glaub schon. Gestern abend auf alle Fälle. Jetzt bewegt sich gar nichts mehr.»

«Mein Gott», sagte er, während er nach einem Etui mit Disketten griff. «Frauen und Computer!»

Er begleitete Stefanie zurück in ihr Zimmer. Als er sich durch den schmalen Gang zwischen ihrem Arbeitstisch und der Wand zwängte, mußte er den Bauch einziehen. Dann knarrte ihr Stuhl beängstigend unter seinem Gewicht. Bodo griff nach der Maus, tippte auf zwei Tasten, dann stand er schon wieder auf. «Nicht verzagen, Bodo fragen – bekomm ich jetzt ein Küßchen?»

«Wer mich küßt, muß mich heiraten», konterte Stefanie. «Ich warne dich! Ich wünsche mir mindestens acht Kinder.»

«Um Gottes willen», stöhnte Bodo. Er verdrehte entsetzt die Augen. «Ich will mir einen Porsche kaufen, sobald ich hinters Lenkrad passe.»

Sie setzte sich wieder an ihren Computer: «Vielleicht in deinem nächsten Leben! – Man darf die Hoffnung nie aufgeben.»

Der Fotograf hatte das Zimmer gerade verlassen, als das Telefon auf ihrem Tisch klingelte. Hoffentlich hat RDW nicht mitbekommen, daß mir Bodo wieder mal helfen mußte, dachte sie. Mit klopfendem Herzen nahm sie den Hörer ab.

«Der Vortrag heute abend fällt aus, Liebling», hörte sie Peters Stimme. «Hast du Lust, uns was Schönes zu essen zu zaubern?»

Ihr Herz beruhigte sich sofort. «Bei dir oder bei mir?»

«Am besten bei dir! Dann brauchst du morgen nicht so früh aufzustehen.»

«In Ordnung. Aber nicht vor acht. Kann sein, daß ich heute etwas länger machen muß.»

«Kein Problem», sagte er. «Ich bring uns eine gute Flasche Wein mit. – Bis nachher, Liebling. Ich freu mich auf dich.»

Es knackte in der Leitung. Sie wandte sich wieder dem Bildschirm zu und zoomte übermütig das goldene Ei unter dem krähenden Hahn noch größer. Peter liebte sie. Daran konnte auch das widerspenstigste Computerprogramm nichts ändern.

Vier Stunden später hatte Stefanie nicht nur sämtliche Entwürfe pünktlich abgeliefert, sondern RDW hatte eine ihrer Fotomontagen sogar für gelungen erklärt. Solches Lob war in der Agentur so selten wie die Begegnung mit einem echten Bayern in München.

Sie vertauschte ihre bequemen Ballerinas, die sie in der Agentur gewöhnlich trug, mit schwarzen Stiefeletten. Dann legte sie einen dicken Schal um, schlüpfte in ihre cremefarbige, mit Pelz gefütterte Daunenjacke und fühlte sich hinreichend gewappnet gegen den Münchner Winter.

Seit drei Wochen lag eine geschlossene Schneedecke auf der Stadt. Ein scharfer Wind trug winzige Eiskristalle durch die Luft. Stefanie zog die Kapuze über den Kopf und den Schal vor den Mund, als ein Auto neben ihr hupte. Bodos Geländewagen, mit Schneeketten über den Winterreifen, ausgerüstet wie für eine Polarexpedition. Er kurbelte ein Fenster herunter. «Soll ich dich bis zur *Münchener Freiheit* mitnehmen? Ich muß sowieso in die Richtung.»

Sie schüttelte den Kopf. «Sehr freundlich. Aber ich muß noch einkaufen. Ich nehme danach die U-Bahn.»

«Dann bis morgen!» Bodos Auto fuhr an, und die dicken Reifen schaufelten Schnee und Eis in die Luft.

Das fehlte gerade noch, dachte Stefanie. Wenn mich zufällig einer von Peters Freunden aus einem fremden Wagen steigen sieht, hängt wieder eine Woche der Haussegen schief.

Sie ging weiter die Schellingstraße entlang, vorbei an Boutiquen, Buchhandlungen und kleinen Schmuckläden. Als sie im hell erleuchteten Schaufenster eines Miederwarengeschäftes eine bildschöne Corsage aus schwarzer Spitze entdeckte, kämpfte sie mit sich. Ob ich Peter darin gefallen würde? Nein, dachte sie, wahrscheinlich nicht. Er kaufte sich zwar jeden Monat den *Playboy*, aber nur wegen der Finanztips. Eine Corsage für zweihundertsechzig Mark? Er hätte ihr zum Kauf von Telekom-Aktien geraten. Man mußte schließlich ans Alter denken.

Sie riß sich vom Schaufenster los und hastete zum Supermarkt, wo sie sich zuerst zwei Lammfilets zurechtschneiden ließ. Sie angelte eine Packung grüne Bohnen aus der Tiefkühltruhe, und in der Obstabteilung legte sie noch zwei reife, köstlich duftende Mangofrüchte in den Einkaufskorb. Wenn sie schon auf die Corsage verzichtete, wollte sie Peter und sich wenigstens zum Abendessen etwas besonders Gutes gönnen.

Sie war mit der Welt voll und ganz zufrieden. Inzwischen kannte sie Peter schon fast zwei Jahre. Und ihm gegenüber verhielt sie sich klüger als bisher.

Es war zwar für beide unbequem, daß noch immer jeder in seiner Wohnung lebte, doch sie hatte aus ihren Erfahrungen gelernt. Wie endete es denn meist, wenn sich eine Frau ein paar Monate nach der ersten Nacht auf einen gemeinsamen Haushalt einließ? Entweder es wurde zum Dauerzustand, und der Mann dachte nicht mehr im Traum daran zu heiraten. Oder aber der Alltag tötete die Liebe. Und in beiden Fällen war es gewöhnlich die Frau, die irgendwann ihre Sachen packte. Stefanie hätte sich Peters große Wohnung von ihrem Gehalt auch nicht leisten können.

Inzwischen hatte sie im Supermarkt die Kasse erreicht. Sie bezahlte, verstaute die Lebensmittel in einer Plastiktüte und eilte damit zur U-Bahn-Haltestelle am Odeonsplatz. Jetzt fielen die Schneeflocken so dicht, daß man die Häuser auf der anderen Straßenseite nicht mehr sehen konnte.

Die schwere Haustür knallte hinter ihr ins Schloß. Verdammter Mist, dachte Stefanie, während sie zu den Briefkästen eilte. Ich hab heute morgen verschlafen. Bei mir sieht es aus wie bei Hempels unterm Sofa. Sie nahm hastig ihre Post aus dem Briefkasten, blickte kurz auf die Armbanduhr und rannte die Treppen hoch. Erst kurz nach sieben. Gott sei Dank.

Sie legte die Lebensmittel auf den Küchentisch und sah ihre Post durch. Nichts Besonderes. Drucksachen. Ihre *Cosmopolitan*. Eine Ansichtskarte von Babsi, die sie beim Aerobic kennengelernt hatte. Stefanie wollte die Drucksachen gerade in den Mülleimer werfen, da entdeckte sie unter ihnen eine rote Karte von der Post. Eingeschriebene Sendung, las sie. An den nächsten Werktagen beim Postamt abzuholen. Ein unangenehmes Gefühl ballte sich in ihr zusammen. Etwa ein Kündigungsschreiben ihrer Werbeagentur? Nein, dachte sie. Wenn RDW jemanden rauswirft, sagt er es ihm persönlich. Und zwar mit dem größten Vergnügen. Vermutlich hat mir der Hauswirt geschrieben, daß er schon wieder mehr Miete will.

Sie verstaute die Karte von der Post in der Handtasche und beförderte Teller und Tassen in die Spülmaschine. Danach lüftete sie das Schlafzimmer, machte ihr Bett und nahm drei Pullover vom Sessel, die – jedenfalls nach Peters Überzeugung – unbedingt in den Kleiderschrank gehörten. Zum Glück verbrachte sie das Wochenende mit ihm meist in seiner Wohnung. Seit dem Sommer zierte auch Kosmetik von ihr die Konsole in seinem Badezimmer.

Ob sie noch staubsaugen sollte? Sie blickte zu der großen Standuhr, die sie von ihrer Großmutter geerbt hatte. Nein. Viel wichtiger war erst einmal, daß das Essen fertig wurde. Die paar Flusen auf dem Teppich würde Peter kaum bemerken. Sicherheitshalber schob sie den Dimmer noch ein wenig zurück, mit dem sie das helle Licht des Deckenfluters dämpfen konnte.

Die Lammfilets waren gerade fertig, als Peter in die Wohnung kam. Seit drei Monaten hatte jeder einen Schlüssel für die Behausung des anderen, was Peter als «vertrauensfördernde Maßnahme» vorgeschlagen hatte. Sie ahnte zwar, daß ihn eher seine Eifersucht auf diese Idee gebracht hatte, doch Stefanie war damit einverstanden.

Abgesehen davon, daß sie an anderen Männern nicht interessiert war, solange sie in einer festen Beziehung lebte – wenn sie Quickies gewollt hätte, andere Männer hatten auch eine Wohnung.

«Gigantisch!» rief Peter. «Das Wasser läuft einem ja schon vor deiner Tür im Mund zusammen.»

Er kam in die Küche, stellte eine Flasche Wein auf den Tisch und überreichte ihr eine Rose. «Nur ein kleines Dankeschön für deine Mühe. Zum Wochenende gehen wir wieder zum *Käfer.*»

«Hör auf! Bei den Preisen? Meinetwegen brauchen wir wirklich nicht immer im Lokal zu essen. Wenn ich daran denke, wieviel Geld du für mich ausgibst ...»

Er lachte. «Da brauchst du dir keine Sorgen zu machen. So was kann ich immer irgendwie in meine Spesenabrechnung fummeln.»

Sie merkte, daß Ärger in ihr hochstieg. «Freut mich zu hören», sagte sie schnippisch. «Dann werde ich mich in Zukunft jeweils bei deiner Bank für das Essen bedanken.»

Er griff nach ihren Händen und sah sie mit gut gespieltem Ernst an. «Sag bloß, du traust mir so was tatsächlich zu? – Ich und krumme Dinger drehen? Da wüßte ich aber was

Besseres! Unsere Bank hat eine sehr tüchtige Innenrevision.»

«Schön für die Bank», sagte Stefanie und drückte ihm den Korkenzieher in die Hand. «Hier, du kannst schon mal den Wein aufmachen und ins Wohnzimmer bringen.» Typisch Mann, dachte sie, als er schuldbewußt mit der Flasche aus der Küche schlich. Auf Kosten der Firma eine Frau einladen. Doch dann gewann ihre Zuneigung zu ihm wieder die Oberhand. Das machten wohl die meisten nicht anders. Peter gehörte wenigstens nicht zu der Sorte, die einer Frau bei jedem Besuch den Kühlschrank leerfraß.

Sie richtete die Filets, das Kartoffelgratin und das Gemüse an. Als sie ins Wohnzimmer kam, lief das Fernsehgerät ohne Ton. Peter saß im Sessel davor und switchte durch den Videotext. «In der Wallstreet ist wieder die Hölle los. Der Dow hat fast zweihundert Zähler verloren.»

Sie stellte das Essen auf den Tisch. «Na und?» sagte sie, während sie die Kerzen anzündete. «Wer gewinnen will, muß auch verlieren können.»

Er nickte. «Zweifellos! Aber gewinnen ist eindeutig besser.» Er klebte noch immer gebannt am Bildschirm, und sie nahm ihm die Fernbedienung aus der Hand. «Peter», sagte sie leise. «Auch du hast irgendwann mal Feierabend.»

«Aber nicht, wenn ich im Beruf weiterkommen will. Wer mit vierzig keine Karriere gemacht hat, der kann sie vergessen.»

Sie schaltete das Fernsehgerät aus. «Wer mit vierzig tot ist, auch.»

Peter ging zum Tisch und füllte die beiden Weingläser, bevor er sich setzte. «Und wie war der Tag bei dir? Kommst du inzwischen mit dem neuen Computerprogramm klar?»

«Überhaupt kein Problem», sagte sie. «Heute hat mich unser Boß sogar gelobt. Für den Hahn mit dem goldenen Ei.»

Er griff nach Messer und Gabel. «Hab ich's nicht gesagt? Meine Idee! – Manchmal glaub ich, an mir ist ein Grafiker verlorengegangen. Wenn ich besser zeichnen könnte ...»

«Was dann?» sagte sie. «Man schafft alles, wenn man es nur richtig will.»

«Au fein», konterte er. «Dann will ich sofort fliegen können. Und zwar ohne jedes Gerät.»

«Okay, okay», sagte sie lachend. «Du hast gewonnen.»

Sie begann zu essen und atmete erleichtert auf. Die Lammfilets waren ihr gut gelungen. Als sie den ersten Schluck Wein genießerisch über ihre Zunge gleiten ließ, hätte sie mit keiner Frau der Welt tauschen mögen. Wenn ein Tag mit gutem Essen und einem guten Wein, mit einem zuverlässigen Mann und bei Kerzenlicht ausklang, war das nicht Glück?

Peter legte Messer und Gabel aus der Hand. «Das Essen war ganz vorzüglich.» Hoffentlich sagt er jetzt nicht wieder, ich wäre eine sehr gute Köchin, dachte sie, doch diesmal verkniff er sich diese Bemerkung.

«Wie machen wir das denn jetzt mit meinem Resturlaub?» fragte er, während er den obersten Hemdenknopf öffnete. «Ich hab noch mehr als vierzehn Tage aus dem vergangenen Jahr. Die möchte ich der Bank nicht schenken. Magst du nicht doch mit mir ins Stubaital?»

«Auf keinen Fall Skiurlaub», protestierte sie. «Einmal und nie wieder. Mir genügt schon der viele Schnee in München.»

Sie hatte die Worte erregt herausgestoßen und bemühte sich sofort, sie zu entschärfen. «Nichts gegen deine Gletscher, aber Eis mag ich nun mal nur mit Vanillegeschmack. Ich möchte viel lieber nach Florida.»

«Nicht im Winter», sagte er entsetzt. «Erst dreißig Grad in Miami und vierzehn Tage später den Winter hier ... Auf keinen Fall! So was bezahlt man meist mit einer dicken Erkältung.» Er sah sie mit dem Blick eines tieftraurigen Dakkels an. «Da geh ich im Urlaub lieber im Englischen Garten spazieren.»

«Und wenn du allein zum Skilaufen fährst? Oder mit einem deiner Freunde? Ich bin nun mal keine begeisterte Skiläuferin.»

Er sah sie forschend an. «Und was machst du dann, während ich weg bin?»

Stefanie lachte. «Ich hole mir jede Nacht einen anderen Mann ins Bett! Zuerst meinen Chef, dann den fetten Bodo und dann ...» Sie ging zu Peter und umarmte ihn. «Hab ich dir heute eigentlich schon gesagt, daß ich dich liebe? Glaubst du etwa, das ändert sich so schnell?»

Er schüttelte den Kopf. «Das nicht! Aber würdest du mich denn überhaupt nicht vermissen?»

«Schon am nächsten Tag. Aber zu lieben bedeutet auch zu vertrauen! Ich weiß doch, wie gut du dich beim Skilaufen erholst. Vielleicht wärst du mit einer Göttin der Skipiste glücklicher als mit mir.»

Er sah sie verblüfft an. «Mit 'ner Cartieruhr am Handgelenk und nichts als Flausen im Kopf, was? – Sag mal, für wen hältst du mich eigentlich?»

Sie blickte ihm ruhig in die Augen. «Für den Mann, mit dem ich jetzt ins Bett möchte», sagte sie leise.

Die Zeit, wo er ihr mit sanften Küssen die Bluse aufknöpfte und Stefanie danach seine Hand unter ihrem Rock gespürt hatte, war inzwischen vorbei. Sie vermißte manchmal solche Gesten, die ihr das Gefühl gaben, daß er sie jedesmal aufs neue erobern wollte.

Wahrscheinlich geht es anderen Frauen genauso, dachte sie. Vielleicht ist das der Preis dafür, sich bei einem Mann geborgen zu fühlen.

Stefanie stand im Schlafzimmer. Sie zog erst ihren Pullover aus, dann die Stretchhose. Sie hatte gerade die Strumpfhose und den Slip abgestreift, als Peter in seinen Boxershorts aus dem Badezimmer kam, die Anzugjacke in der einen Hand und die Hose in der anderen. «Hast du zufällig einen Kleiderbügel für mich?»

«Selbstverständlich.» Sie ging zum Kleiderschrank und nahm eine ihrer Blusen vom Bügel.

«Sehr lieb von dir», sagte er, während er seine Jacke aufhängte. Er sah sich suchend um, legte dann die dunkelblaue Hose seines Geschäftsanzugs über den Sessel neben dem Bett. Als er sorgfältig die Bügelfalten glattstrich, hatte sie das Gefühl, sie wäre plötzlich unsichtbar geworden. Bemerkte er nicht, daß sie nackt war? Eine attraktive nackte Frau von dreiunddreißig Jahren, nach der sich viele Männer auf der Straße umdrehten, selbst wenn sie dick angezogen war?

Sie schlüpfte enttäuscht ins Bett, und als er sich zu ihr legte, hatte er noch immer seine Shorts an. Sein Signal, daß er einen anstrengenden Tag hinter sich hatte und sich erschöpft fühlte. Sie knipste die Nachttischlampe aus und schmiegte sich an seinen Rücken. Sie hatte gerade den Arm auf seinen Oberkörper gelegt, da drehte er sich zu ihr um.

Er tastete im Dunkel nach ihren Brüsten, strich erst vorsichtig über eine Brust, dann über die andere. Sie stöhnte leise. Er küßte sie. Dann bahnte sich seine Hand den Weg zwischen ihre Schenkel, streichelte sie zärtlich. Stefanie schloß die Augen, hob sich seiner Hand entgegen, und als sie seinen Körper über sich spürte, als sie seinen Schweiß roch, der sich mit dem Duft seines Rasierwassers vermischte, krallten sich ihre Fingernägel in seinen Rücken. Doch da löste er sich schon von ihr. Er küßte sie behutsam und legte seine Hand besitzergreifend um sie. «Gute Nacht, Liebste», sagte er und wenig später, schon mit schlaftrunkener Stimme: «Du weißt ja, daß ich morgen spätestens um halb neun in der Bank sein muß.»

Erst zwei Tage später entdeckte Stefanie die Abholkarte von der Post in der Handtasche. Sie nutzte die Mittagspause, um den Brief abzuholen. Als sie aus der Agentur kam, war der Schnee auf den Straßen geschmolzen. Jetzt schwappte eine schmutzige Brühe um ihre Stiefeletten.

Im Postamt dauerte es fast eine Viertelstunde, bis ihr endlich ein Beamter ihren Brief aushändigte. Aus Italien? dachte sie überrascht, als sie die große blaue Briefmarke sah. Wer schreibt mir aus Italien? Sie entfernte sich vom Schalter, und während sie zu einem der Schreibpulte in der Schalterhalle ging, überfluteten sie plötzlich ihre Erinnerungen.

Rom. Die Spanische Treppe. Die kleine Trattoria in Trastevere, wo sie abends meistens mit Marcello gegessen hatte. Dann der Abend in Rom, als sie weinend ihre letzten Lire in den Trevibrunnen warf.

«Du wirst zu mir zurückkommen, Bella Bionda», sagte

Marcello und strich behutsam über ihr damals noch langes Haar. «Jeder, der einmal in Italien glücklich war, kommt wieder zurück.»

«Vom Glück allein kann ich nicht leben», sagte sie. «Ich fahre nach Hause. Ich brauche endlich einen vernünftigen Beruf.»

Marcello versuchte sie aufzurichten. «Du bist eine Malerin», versicherte er ihr. «Eine wirklich gute Malerin.»

«Mag sein», antwortete sie traurig. «Aber an der Akademie sieht man das leider anders. Ich bin froh, daß mich eine Werbefachschule in Deutschland aufnehmen will.»

Unbegabt, dachte sie. Für meinen Professor war ich völlig unbegabt. Sie merkte, daß sich die Traurigkeit wieder in ihr ausbreiten wollte, die sie damals in Rom empfunden hatte. Doch eine heisere Frauenstimme riß sie aus ihren Erinnerungen in die deutsche Wirklichkeit zurück. «Sie stehen hier sehr ungünstig», sagte die Frau. «Lassen Sie mich wenigstens mal in das Telefonbuch gucken.»

«Aber gern doch», sagte Stefanie giftig. Sie trat ein paar Schritte zur Seite, drehte ihren Briefumschlag um. *Tomaso Bonello* war als Absender auf die Rückseite gedruckt. *Notario. Viale Garibaldi, 27. 95100 Catania. Sicilia.*

Der Brief kann unmöglich für mich sein, dachte sie. Ich kenne keinen Menschen aus Sizilien. Einen Notar schon gar nicht. Es muß sich um einen Irrtum handeln. Sie nahm sich vor, den Brief erst nach der Arbeit zu öffnen, doch schon in der U-Bahn riß sie den Umschlag auf. Er enthielt ein kurzes Schreiben des Notars.

Tema: Giovanni Piazzolo, las sie, *nato il 25 maggio 1927, deceduto il 13 novembre 1998 ... Egregia Signora ...* Stefanie hatte seit fünf Jahren weder Italienisch gesprochen noch eine italienische Zeitung gelesen. Es fiel ihr nicht mehr so leicht wie früher, einen Brief in dieser fremden Sprache zu verstehen. Offenbar war ein alter Sizilianer mit dem Namen Giovanni Piazzolo verstorben. Der Verstorbene hatte sie, so verstand sie den Brief jedenfalls, in seinem Testament zu seiner Erbin bestimmt. Sie sollte unverzüglich Kontakt mit dem Absender aufnehmen. Er wäre als Testamentsvollstrekker eingesetzt.

Giovanni Piazzolo? Sie überlegte angestrengt, ob sie jemanden dieses Namens kannte. Fehlanzeige. Auch ihre Eltern hatten keinerlei Verwandte oder Freunde in Italien.

Vielleicht verstehe ich irgendein Wort im Brief falsch, dachte sie. Als sie auf dem Weg von der U-Bahn zur Agentur an die Universitätsbuchhandlung Hueber kam, ging sie hinein und wandte sich an eine Buchhändlerin. «Können Sie mir sagen, wo ich ein italienisches Wörterbuch finde?»

«In unserer Sprachenabteilung. Ich zeig Ihnen den Weg.» Sie begleitete Stefanie durch das riesige Geschäft und deutete auf ein Regal. Stefanie wartete, bis die Frau außer Sicht war, und griff nach einem Wörterbuch. *Eredità* bedeutete tatsächlich Erbschaft. Genauso, wie ein *esecutore testamentario* ein Testamentsvollstrecker war. Aber welcher Italiener hatte einen Grund, ihr irgend etwas zu vererben? Sollte es sich um einen raffinierten Betrugsversuch handeln?

Peter hatte ihr einmal belustigt von Briefen erzählt, in denen Ausländer Leichtgläubigen riesige Gewinne versprachen und sie um Geld betrogen. Stefanie lachte, als sie an diese Möglichkeit dachte. In diesem Falle hätten die Betrüger die Falsche erwischt. Peter war Betriebswirt. Er würde solche Tricks sofort durchschauen und ihr raten, ob sie auf diesen Brief überhaupt reagieren sollte.

Stefanie fuhr mit dem Lift hoch zur Werbeagentur, und als sie durch den Korridor zu ihrem Zimmer eilte, kam ihr Bodo entgegen. «Na, war es eine Mieterhöhung?» fragte er neugierig.

Stefanie schüttelte den Kopf. «Ganz im Gegenteil», sagte sie. «Ich habe gerade eine Million geerbt.»

Bodo grinste. «Von Bill Gates oder von Donald Trump?»

«Von der Königin Elisabeth», antwortete Stefanie. «Aber daß du es ja keinem erzählst.»

«Ich werde schweigen wie ein Grab», versprach er. «Gibst du mir dafür ein Küßchen?»

Einige Tage später wartete Stefanie nervös in einem kleinen Café an der Feldherrenhalle auf Peter.

«Ich muß heute einen Vortrag in der Handwerkskammer halten», hatte er am Telefon gesagt. «Es hat keinen Sinn, vorher noch nach Hause zu fahren. Ich habe sehr interessante Neuigkeiten für dich. Du wirst sehr überrascht sein, Liebste.»

Inzwischen trank sie schon ihren dritten Kaffee. Sie wurde immer wütender. Wer war sie denn, daß ein Mann sie einfach sitzenließ, als wäre er der Herrscher des Universums und sie nur eine kleine Grafikmaus, die nichts Besseres zu tun hatte, als auf ihn zu warten?

Sie hatte sich gerade entschlossen zu zahlen, als Peter ins Café kam. «Entschuldige bitte. Ich kann wirklich nichts dafür. Ich bin aufgehalten worden. Ich hatte schon den Mantel an, da wollte unser Filialleiter unbedingt noch über den Umsatz des letzten Vierteljahres mit mir reden.»

«Kein Problem», sagte sie. «Bei mir kann ja auch mal was dazwischenkommen.»

Als Peter sich zu ihr setzte, zog er zwei Blätter Papier aus der Tasche. «Du wirst ebenso überrascht sein, wie ich es bin, Liebste», sagte er gerade, als die Serviererin an den Tisch kam. Diesmal blickte sie Stefanie fast bewundernd an. Ohne den mitleidigen Blick, mit dem sie ihr vor zwanzig Minuten den dritten Kaffee auf den Tisch gestellt hatte.

«Was darf ich Ihnen bringen?»

«Einen Cappuccino und einen Piccolo. – Nein, bringen Sie zwei Piccolo.» Er sah Stefanie an. «Ich glaube, wir haben etwas zu feiern.»

«Sag bloß? – Dieser seltsame Brief aus Italien ist kein Versuch, mich in die Gewalt der Mafia zu bringen?»

«Hör damit auf», sagte er. «Das habe ich keinen Augenblick vermutet.»

«Vermutet nicht», sagte sie kampfeslustig. «Aber mindestens zweimal sehr deutlich gesagt.»

«Nur weil ich nicht möchte, daß dir etwas zustößt», sagte er besorgt. «Unsere Welt wird von Tag zu Tag gefährlicher.»

Sie nickte spöttisch. «Ich weiß. Eine schwache Frau braucht unbedingt männlichen Schutz. Aber ich hab ja Gott sei Dank dich.»

Er sah sie mit einem schrägen Blick an. Vertrug er es etwa nicht, daß sie ihn manchmal veralberte, wenn er glaubte, sie vor dem Leben beschützen zu müssen?

«Also, was ist mit dem Brief los?» fragte Stefanie. «Oder soll ich vor Neugier platzen?»

«Eins nach dem anderen, ja?» Er wartete, bis die Serviererin mit einem Cappuccino, zwei kleinen Sektflaschen und Gläsern an den Tisch kam. Er füllte beide Gläser mit Sekt und hob sein Glas. «Glückwunsch! Der Absender deines Briefes ist nicht nur wirklich Notar, sondern er hat einen tadellosen Ruf.»

«Ich versteh die Welt nicht mehr», entfuhr es Stefanie.

«Es kommt noch besser!» sagte Peter. «Ein Giovanni Piazzolo, von dem im Brief die Rede ist, verstarb tatsächlich im vergangenen Jahr. Am dreizehnten November.»

Er reichte ihr die Kopie des Briefes über den Tisch. «Es gibt keinerlei Gründe, am Inhalt dieses Schreibens zu zweifeln.»

«Und wie hast du das so schnell herausbekommen?»

Er lächelte geschmeichelt. «Na hör mal! Wozu hat unsere Bank eine Auslandsabteilung! Wenn du mehr wissen willst ... Ich hab schon überlegt, ob ich eine Bonitätsprüfung veranlassen soll, aber wenn das unser Filialleiter erfährt ...»

Peter trank einen Schluck Sekt, dann sah er Stefanie nachdenklich an. «Es will mir einfach nicht in den Kopf, daß du diesen Mann angeblich nicht kennst! Also wenn ...» Er stockte und mußte sich überwinden, bevor er weitersprechen konnte. «Also wenn du in Rom eine Affäre mit ihm gehabt haben solltest ... Das könntest du mir ruhig sagen. Was vor unserer Zeit war, interessiert mich nicht.»

«Quatsch», sagte sie und hatte Mühe, ihre Wut zu verbergen. «Überleg doch mal! In Rom war ich achtundzwanzig Jahre alt. Da muß dieser Piazzola oder wie der heißt fünfundsechzig gewesen sein. Meinst du etwa, ich hab in Rom mit alten Männern geschlafen?»

«Das nicht», versuchte Peter sie zu beruhigen. «Aber man setzt gewöhnlich keinen wildfremden Menschen zum Alleinerben ein.»

Stefanie nickte nachdenklich. «Genau! Und deshalb

werde ich so schnell wie möglich nach Sizilien fliegen. Ich will wissen, was da los ist.»

«Kommt überhaupt nicht in Frage», sagte Peter. «Wir beauftragen schlicht und einfach einen Rechtsanwalt mit der Wahrnehmung deiner Interessen.»

Zwei

In der Abflughalle des Franz-Josef-Strauß-Flughafens herrschte Hochbetrieb. Vor den Check-in-Schaltern für Gran Canaria und Teneriffa warteten so viele Passagiere, als ob die sonnigen Inseln ein paar Tage später wegen Überfüllung unwiderruflich geschlossen werden sollten.

Nach Catania wollten zwar kaum hundert Leute, aber auch hier dauerte es geraume Zeit, bis Stefanie und Peter ihren Koffer wieder ein Stück weiter nach vorn schieben konnten. Am Abfertigungsschalter arbeitete eine Bodenstewardeß so langsam, als wäre sie neidisch auf jeden, der dem winterlichen Schmuddelwetter entfliehen konnte.

«Bei Ihnen dauert das Einchecken wohl länger als der Flug», sagte Peter verärgert, als er endlich die beiden Koffer auf die Waage stellen konnte.

«Ich kann nichts dafür», sagte die Bodenstewardeß. «Sie können sich gern bei der Geschäftsleitung beschweren.»

Dann schob sie Peter zwei Bordkarten über die Theke. «Gate zwölf», sagte sie kühl, während sie ihnen die Tickets zurückgab. «Ihr Flug wird aufgerufen. Gute Reise.»

«Du hättest ruhig etwas freundlicher zu ihr sein können», sagte Stefanie, als sie an der Sicherheitskontrolle ihr Handgepäck auf ein Laufband legten. «Die Frau macht nur ihre Arbeit.»

«Ja», sagte Peter. «Und zwar so langsam wie möglich. Ich hasse diese ständige Warterei.»

Er steckte die Flugscheine in seine Brieftasche. Vor der Handgepäckkontrolle brauchten sie weniger lange zu warten. «Wenn Sie bitte noch Ihre Taschen und Ihre Mäntel auf das Rollband legen würden», forderte sie ein Grenzschutzbeamter auf.

Peter sah ihn böse an. «Aber meine Hose darf ich doch wenigstens anbehalten?»

«Selbstverständlich», sagte der Beamte sachlich. Als Stefanies Jacke und Peters Mantel im Durchleuchtungsgerät verschwanden, untersuchte der Beamte Peter kurz mit einer Metallsonde. Eine junge Beamtin vollzog dieselbe Prozedur bei Stefanie.

«Meinetwegen hättest du wirklich ins Stubaital fahren können», sagte sie zu Peter, als die Paßkontrolle hinter ihnen lag. «Ich habe dich nicht darum gebeten, mit mir nach Sizilien zu fliegen. Verdirb mir bitte die Reise nicht.»

«Weiß ich», sagte er etwas versöhnlicher. «Aber ich kann dich nicht in ein offenes Messer laufen lassen. Nachher erbst du nichts als Schulden. Ich traue diesem Braten nicht.»

Stefanie sah ihn an und schüttelte den Kopf. «Du und dein ewiges Mißtrauen! Ich hab zweimal mit Notar Bonello telefoniert. Ein sehr freundlicher Mann. Der hat meinetwegen sogar ganz langsam gesprochen, als er merkte, daß ich Schwierigkeiten mit seinem Dialekt habe.»

«Dein Wort in Gottes Gehörgang!» sagte Peter mißmutig. «An deine Geburtsurkunde und die Heiratsurkunde deiner Eltern hast du doch hoffentlich gedacht?»

«Natürlich. Ich habe sie sogar von einem vereidigten Dolmetscher übersetzen lassen.»

Sie kamen an ein Kosmetikgeschäft. Stefanie hatte geplant, sich noch einen Lippenstift und ein Parfüm zu kaufen, doch jetzt verzichtete sie darauf. Es hätte eine weitere Verzögerung verursacht, die Peter noch mehr verstimmt hätte.

«Im März nach Sizilien», sagte er vorwurfsvoll, als sie im Warteraum Platz nahmen. «Und dann auch noch im Touristenbomber! Aber was tut ein Mann nicht alles für eine Frau, die er liebt.»

«Auf alle Fälle meckert er nicht an allem herum!» Stefanie war drauf und dran zu explodieren. «Wenn das so weitergeht, kannst du dir ein anderes Hotel suchen. Oder denkst du etwa, ich will die ganzen Ferien dauernd dein mürrisches Gesicht sehen?»

Diesmal sah er sie an wie ein gekränkter Bernhardiner. «War doch nicht böse gemeint», sagte er verlegen. «Es ist nur ... Na ja, ich wäre halt lieber zum Skilaufen gefahren.»

Es dauerte nicht lange, bis die Reisenden ins Flugzeug gelassen wurden. Peter nörgelte zwar, als er seinen Mantel und Stefanies Steppjacke in das enge Gepäckfach über ihren Sitzen quetschte, doch als beide endlich saßen und ihre Sicherheitsgurte geschlossen hatten, griff er nach ihrer Hand. «Jetzt freue ich mich auch auf diese Reise. Mehr als vierzehn Tage nicht in die Bank müssen und statt dessen mit dir Italien entdecken. Ich hoffe nur, Sizilien ist nicht auch so ein Teutonengrill wie Riccione oder Rimini.»

«Nicht im Frühjahr», beruhigte sie ihn. Sie hatte inzwischen drei Reiseführer gelesen. «Es ist zwar die beste Reisezeit, aber zum Baden ist das Meer meistens noch zu kalt.»

«Hab ich vermutet», sagte er. «Genau deshalb hab ich für uns in Taormina ein kleines, aber feines Hotel mit Swimmingpool gebucht. Ein richtig lauschiges Liebesnest.»

Stefanie strahlte. «Wunderbar! Dann kannst du mich noch heute im winzigsten Bikini bewundern, den ich auftreiben konnte.»

Sie hörte, daß die Triebwerke lauter wurden, und lehnte sich in ihrem Sitz zurück. Es war zwar nicht ihr erster Flug, doch beim Start und bei der Landung hatte sie noch immer ein bißchen Angst. Sie blickte durch das dicke Fenster auf die nasse Rollbahn hinaus. In das düstere Grau des Münchener Morgens.

Das Flugzeug rollte an und wurde immer schneller, hob vom Boden ab und flog durch schmutziggraue Wolken. Doch dann, Stefanie hatte ängstlich Peters Hand ergriffen, stieß es plötzlich durch die dichte Wolkendecke. Sie sah den blauen Himmel und die Sonne.

Endlich wieder Italien, jubelte alles in ihr. Ihre Erinnerungen an den überstürzten Abschied von Rom stiegen wieder in ihr hoch, doch diesmal begegnete sie ihnen gelassener. So schmerzlich es damals gewesen war, sich von Marcello und der Akademie zu trennen – jetzt hatte sie einen vernünftigen Beruf. Und einen Mann gefunden, der immer häufiger vom Heiraten redete.

«Willkommen an Bord unseres Direktfluges von München nach Catania», klang eine Frauenstimme aus den Lautsprechern. «Unsere Flugzeit wird zwei Stunden und zehn Minuten betragen. Sobald wir unsere Reisehöhe erreicht haben, werden wir Ihnen Getränke und eine warme Mahlzeit servieren.»

Stefanie erinnerte sich wieder an Marcellos tiefbraune Augen. Ja, dachte sie, er hat sich nicht geirrt. Auch ich komme nach Italien zurück. Aber nicht zu ihm.

«Mach dir keine Sorgen wegen des Notars», sagte Peter

unvermittelt. «Dem werde ich sehr genau auf den Zahn fühlen. Verlaß dich darauf.»

«Ich weiß schon, was ich an dir habe», antwortete sie und streichelte seine Hand. Geborgenheit, dachte sie. Und die ist wichtiger als Leidenschaft. Auf heiße Liebesschwüre kann man leider keine gemeinsame Zukunft aufbauen.

Sonne. Blauer Himmel. Palmen, deren Zweige sich langsam im Wind bewegten und dabei leise knarrten! Schon auf dem Weg von der Ankunftshalle zum Parkplatz hatte sich Stefanie wie in einem Traum gefühlt. Zwei Stunden Flug, dachte sie, schon ist man in einer völlig anderen Welt.

Inzwischen saß sie neben Peter in einem kleinen Bus, der ein knappes Dutzend Neuankömmlinge zu ihren Hotels brachte. «Typisch Massentourismus», hatte er geknurrt, als der Fahrer die Koffer im Bus verstaute. Er hatte Peter auch seinen Aktenkoffer abnehmen wollen, doch den verteidigte er wie ein Drache seinen Schatz. «Da ist mein Laptop drin. Den geb ich nie aus der Hand.»

«Deutsche immer nur arbeiten», sagte der Fahrer lachend, als er Peter seinen Aktenkoffer ließ. Peter faßte das wohl als Kompliment auf, denn er nickte geschmeichelt.

Der Bus fuhr durch enge Straßen, auf denen sich der Verkehr staute. «Wie in München im Berufsverkehr», brummte Peter. «Man fühlt sich hier sofort wie zu Hause.»

«Erst mal abwarten, ja?» sagte Stefanie. «Catania ist die zweitgrößte Stadt Siziliens. Kein Mensch verbringt dort seinen Urlaub.»

«Genau! Deshalb habe ich mich für Taormina entschieden. Sogar Goethe hielt es für den schönsten Ort Italiens. Ich hoffe nur, der Herr Geheimrat hat sich nicht geirrt.»

Stefanie streifte Peter mit einem erstaunten Blick. Seit wann interessierte sich ihr Liebster für tote Dichter? Doch dann erinnerte sie sich, den Hinweis auf Goethes *Italienische Reise* in einem Reiseführer gelesen zu haben, und sie mußte lächeln. Peter hatte nicht nur darauf bestanden, sie zum Notar zu begleiten, sondern er hatte kurzerhand eine Urlaubsreise daraus gemacht. Und gründlich vorbereitet hatte er sich offenbar auch. Er mußte dasselbe Buch gelesen haben wie sie. In solchen Augenblicken liebte sie ihn am meisten. Sosehr sie sich manchmal darüber ärgerte, seine pedantische Gründlichkeit hatte auch ihre Vorteile.

Es dauerte nicht lange, bis der Bus die Autobahn erreichte. Eine Viertelstunde sah sie noch die riesigen, häßlichen Mietskasernen der Großstadt am Horizont, dann führte die Autobahn über dünn besiedeltes Land. Vorbei an Feldern und Olivenhainen, dazwischen kleine, uralte Häuser aus braunem Gestein.

In München reckten die Bäume noch kahle Zweige dem grauen Himmel entgegen. Hier leuchtete bereits überall kräftiges Grün in der Mittagssonne.

«Und wenn du dich auf den Kopf stellst», sagte eine tiefe Männerstimme hinter ihr. «Diesmal fahren wir zu den Liparischen Inseln. Da soll es im Museum ausgezeichnet erhaltene Amphoren geben.» Stefanie drehte sich unauffällig um. Wahrscheinlich ein pensionierter Studienrat, dachte sie, als sie den etwa sechzigjährigen Mann sah, der mit einem Buch in der Hand auf seine nicht viel jüngere Frau einredete. Bildungsreisende, dachte sie, wie vermutlich die meisten im Bus. Hoffentlich wird sich Peter nicht langweilen. Glücklich sah er nicht gerade aus, als sich der kleine Bus durch die engen Straßen in Giardini-Naxos quälte. Doch dann, als sie in eine Küstenstraße abbogen, an einer Meeresbucht entlang fuhren, deutete er aufgeregt nach draußen. «Wir sollten die Plätze tauschen», sagte er. «So schön hab ich mir Taormina wirklich nicht vorgestellt.»

Sie blickte an ihm vorbei durch das Fenster auf seiner Seite. Am anderen Ufer der weitgeschwungenen Bucht leuchteten schmale Sandstrände, hinter denen Häuser einen großen Hang hinaufzuklettern schienen. Daneben ein noch höherer Berg, auf dessen Plateau hoch oben sich gelbliches und braunes Gemäuer vom hellen blauen Himmel abhob. Es sah aus, als hätte ein Maler beweisen wollen, wozu er fähig war, wenn er nicht an Acrylfarben sparen mußte.

Der Kleinbus hielt vor einem dreistöckigen Haus. *Hotel Norma* las Stefanie auf einem Messingschild. Peter rappelte sich mit seinem Aktenkoffer von seinem Sitz hoch. «Da wären wir, Liebste. Ich hoffe, wir bekommen ein Zimmer mit Meeresblick.»

«Mach dir keine Sorgen», sagte sie aufgekratzt. «Notfalls mach ich die Augen zu und denk mir das Meer einfach aus.»

Sie drängten sich aus dem engen Bus, und als sie auf der Straße standen, sah Stefanie im schmalen Garten vor dem Hotel Agaven und Kakteen. An einer weißen Mauer leuchteten die Blüten blauer Glyzinien. Inzwischen war auch das Paar ausgestiegen, das im Bus hinter ihnen gesessen hatte. Der Mann zog seine Jacke aus und gesellte sich zu ihnen, während der Fahrer das Gepäck aus dem Kofferraum hob.

«Möller-Konze aus Augsburg», stellte sich der Mann aus dem Bus vor. «Wir sind zum achten Mal in Sizilien. Wenn Sie irgendwelche Fragen haben ...»

Stefanie mochte so aufdringliche Leute nicht. Sie war jedesmal überrascht, wie gut Peter mit ihnen umgehen konnte. Er schüttelte die ausgestreckte Hand Möller-Konzes. «Scholz. Bei Bedarf werden wir gern auf Ihr Angebot zurückkommen.»

Der Hoteldiener trug das Gepäck ins Hotel. An der Rezeption studierte eine Angestellte Peters Reiseunterlagen, nickte und legte sie zur Seite, als Möller-Konze auf die Theke zusteuerte. «Möller-Konze aus Augsburg. Wir haben Ihr Haus zum dritten Mal gebucht.»

Die junge Frau hinter der Rezeptionstheke sah ihn fragend an: «Potrei avere il Suo voucher?»

«Subito», sagte Möller-Konze. Er gab ihr seinen Gutschein, und sie nahm einen Schlüssel von der Konsole. Der Hoteldiener war abwartend hinter den neuen Gästen stehengeblieben. Jetzt bückte er sich nach den Koffern der Möller-Konzes, und sie folgten ihm zum Lift.

«Herzlich willkommen in unserem Haus», sagte die Hotelangestellte dann in fließendem Deutsch zu Stefanie. «Ich hoffe, Sie werden sich wohl bei uns fühlen. Wenn Sie irgendwelche Wünsche haben ... Sie können sich jederzeit an mich wenden.»

Sie griff nach einem Schlüssel, den sie schon zuvor zur Seite gelegt haben mußte, kam hinter der Rezeptionstheke hervor und wollte nach den Koffern der beiden greifen.

«So weit kommt es noch!» protestierte Peter. «Eine Frau unser Gepäck tragen lassen?» Er trug beide Koffer zum Lift. In der dritten Etage schloß ihnen die Hotelangestellte die Tür zu ihrem Zimmer auf, und dann verschlug es Stefanie fast den Atem.

Sie betrat einen riesigen Wohnraum mit einer schweren Ledersitzgruppe, vor der ein großes Fernsehgerät stand.

Durch eine geöffnete Tür sah sie das Schlafzimmer, in dem sich über einem breiten Doppelbett ein schwerer Baldachin aus kostbarem Brokat ausbreitete.

Die Angestellte ging zu einem Fenster, schob einen weißen Vorhang zur Seite und öffnete eine Glastür. Stefanie ging sofort auf die Terrasse. Zwei Sonnenliegen unter einem Sonnenschirm, daneben ein weißer Metalltisch mit vier Stühlen. Von hier aus konnte sie ganz Taormina überblicken, und dahinter sah sie das Meer, auf dem weiter draußen Yachten vor Anker lagen.

«Sie müssen sich irren!» sagte Peter zu der Angestellten. «Ich habe nur ein schlichtes Doppelzimmer gebucht.»

Die junge Frau lächelte. «Ich hab Ihren Voucher gesehen. Aber um diese Jahreszeit sind wir nicht ausgebucht. Da kann ich großzügig sein, wenn ich Gäste sympathisch finde. Machen Sie sich keine Sorgen. Diese Suite kostet Sie keinen Pfennig mehr.»

Dann wandte sie sich Stefanie zu. «Frau Berger, falls Ihre Garderobe im Koffer zerknittert sein sollte ... Sagen Sie am besten dem Zimmermädchen Bescheid. Unsere Angela bringt das gern für Sie in Ordnung. Und wenn Sie sonst noch Wünsche haben sollten ...»

«Hab ich!» unterbrach Peter. «Der Stecker meines Computers paßt nicht in die Steckdosen hier.»

«Kein Problem. Für solche Fälle haben wir immer Adapter griffbereit. – Ach so, Sie haben ja Halbpension gebucht. Das Abendessen gibt es in unserem Restaurant zwischen zwanzig und zweiundzwanzig Uhr.»

Stefanie konnte es kaum erwarten, bis die Angestellte den Raum verlassen hatte, und als es endlich soweit war, eilte sie zu Peter, umarmte ihn und überschüttete ihn mit

Küssen. Er schien mit seinen Gedanken ganz woanders zu sein. «Das kommt mir alles sehr merkwürdig vor», sagte er nachdenklich, als sie sich von ihm gelöst hatte. «Die Reise kostet für uns beide keine viertausend Mark. Da stimmt doch irgendwas nicht! Und überhaupt ... Wieso hat sie dich sofort mit deinem Namen angesprochen? Nicht einmal unsere Ausweise hat sie verlangt.»

«Du und dein ewiges Mißtrauen!» sagte Stefanie. «Wir packen jetzt unsere Koffer aus, und dann leg ich mich auf der Terrasse in die Sonne. Kannst mir gern Gesellschaft leisten.»

Er grinste. «Aber erst nachdem wir was gegessen haben. Ich sterbe fast vor Hunger. Bis heute abend halte ich es nicht mehr aus.»

Drei Stunden später saßen sie im Garten einer kleinen Trattoria unter blühendem Oleander. Peter hatte zwar nur eine Pizza essen wollen, doch Stefanie hatte ihn davon abbringen können.

«Versuche nie, in einem Restaurant in Italien tagsüber eine Pizza zu bestellen, wenn du kein Messer in den Rükken bekommen willst.»

«Jawohl, Frau Lehrerin. Und könnten Sie mir freundlicherweise auch den Grund dafür verraten?»

«Weil in guten Restaurants der Pizza-Ofen erst am Abend in Betrieb genommen wird. Italiener essen mittags sehr selten Pizza. Wenn überhaupt, dann nur in einer Pizzeria.»

«Danke für die Belehrung», hatte er ironisch geantwortet, doch inzwischen genoß er den Seehecht mit Rosmarin, den sie vorgeschlagen hatte, mindestens so sehr wie sie.

Peter griff zum Weinglas. «Ich muß zugeben, daß ich einen Urlaub auch ohne Neuschnee ganz gut vertragen kann. Besonders wenn mich eine Expertin in alle Geheimnisse einweiht.»

Sie blickte überrascht vom Teller auf. War das ironisch gemeint? Hat er etwa Schwierigkeiten, wenn ich mal besser Bescheid weiß als er? Ach was, dachte sie. Er ist nur auf meine Zeit in Rom eifersüchtig.

Sie mußte wieder an das Lokal in Trastevere denken, wo sie abends meistens mit Marcello gesessen hatte. Doch als Peter erneut Wein aus der Karaffe in ihr Glas goß, verblaßte diese Erinnerung. Sofort nach dem Auspacken der Koffer hatte Peter seinen Anzug mit einer engen Jeans und einem leichten Kaschmirpulli vertauscht. Wenn sie ihn mit den Männern an den anderen Tischen verglich ... Sie war überrascht, als sie das auf einmal bemerkte, aber er war eindeutig der attraktivste Mann in diesem Lokal. Nur sein Gesicht war noch bleich, aber das würde sich schnell ändern. Im Gegensatz zu den meisten Männern mit blondem Haar wurde er im Handumdrehen braun. Sogar von einem Wochenendausflug ins Gebirge kam er jedesmal tief gebräunt zurück.

«Can I get the check please?» rief er dem Kellner zu, der zwei Teller mit Kalbsschnitzeln zu einem der Nachbartische trug.

«Certainly», antwortete der Kellner. «Just a moment.»

«Ich wäre zufrieden, wenn ich auch nur halb so gut Englisch könnte wie du», sagte Stefanie zu Peter. «Ich bin schon froh, daß ich mich wenigstens halbwegs auf italienisch verständigen kann.»

«Na und?» sagte er geschmeichelt. «Du hast doch mich.»

Es dauerte nicht lange, bis der Kellner die Rechnung brachte. Als Peter nicht einsehen wollte, daß er ein *coperto* bezahlen sollte, ließ sie den Kellner in gebrochenem Englisch erklären, was es mit dem obligatorischen Preis für das Gedeck auf sich hatte. Sie mochte ihren Liebsten nicht schon wieder merken lassen, daß sie sich in diesem Lande nun einmal besser auskannte als er. Peter bezahlte mit seiner Kreditkarte, und als sie wenig später engumschlungen den *Corso Umberto* entlang schlenderten, fühlte sich Stefanie so glücklich wie lange nicht mehr.

Die *Siesta*, jene lange Mittagspause, die jeder Italiener als sein unveräußerliches Grundrecht betrachtet, war vorbei. Sämtliche Geschäfte waren wieder geöffnet, und ihre Auslagen brauchten den Vergleich mit Schaufenstern in Roms *Via Veneto* nicht zu scheuen.

In den Boutiquen wurden Kleider und Mäntel von *Prada, Chanel* und *Versace* angeboten. Herrenausstatter präsentierten die neuesten Modelle von *Armani* und *Valentino*. Hinter dem Glas der Juweliergeschäfte lockten edle Uhren von *Cartier, Patek Philippe* und *Rolex* sowie kostbarer Schmuck. Sogar Pelzmäntel lagen in einem Schaufenster, das Stefanie an einen ihrer Reiseführer erinnerte. Sobald die Außentemperatur unter achtzehn Grad sinkt, hatte sie dort gelesen, friert eine Sizilianerin so entsetzlich, daß sie sich nur noch im Pelzmantel aus dem Haus wagt. Sollte das wahr sein?

Sie kamen zu einem Straßencafé. Peter schlug vor, dort einen Espresso zu trinken. Sie bat ihn, damit noch zu warten. Sie genoß die Atmosphäre dieses späten Nachmittags. In jedem Schaufenster wartete eine neue Überraschung, doch am meisten faszinierten sie die Menschen. Gut gekleidete Paare, die ihre Einkäufe erledigten. Junge Frauen, deren Freunde den Motor ihrer Vespas laufen ließen, während sie sich unterhielten.

Am interessantesten fand sie jedoch die italienischen Männer, von denen viele beim Nachmittagsspaziergang auf dem Corso ihr Handy ans Ohr preßten und telefonierten. Stefanie genoß ihre Blicke. Hier fühlte sie sich nicht nur beachtet, sondern bewundert. Wie damals in Rom, dachte sie. Mein volles, langes blondes Haar. Nein, es muß wohl in erster Linie meine Figur sein.

Die Hälfte der Italiener wären auf die Brüste der Frauen fixiert, hatte Marcello einmal lächelnd gesagt, und die andere Hälfte auf ihr Gesäß. «Und ihre Seele?» fragte sie damals entsetzt.

«Auf die Seele natürlich auch», hatte er hastig versichert. «Die Seele ist überhaupt das Wichtigste.»

Aus und vorbei, dachte sie. Sie schmiegte sich noch enger an Peter. Als sie an einer *Pasticceria* vorbeigegangen waren, die kleine bunte Kunstwerke aus Marzipan anbot, weitete sich der Corso auf einmal zu einem großen Platz.

Inzwischen war die Sonne tiefer gesunken. Männer und Frauen standen in kleinen Gruppen unter blühenden Bäumen zusammen. Kinder rasten auf Inlinern und Rollerblades herum. Kellner eilten mit Getränken zu weiß gedeckten Tischen. Hinter einer Balustrade lag unbewegt das Meer, dessen Blau jetzt zu einem bleiernen Grau geworden war. Und Stefanie sah zum erstenmal den Ätna.

Der Vulkan erschien ihr zum Greifen nahe. Als sie seinen mit Schnee bedeckten Gipfel im Licht der Abendsonne schimmern sah, tastete sie nach Peters Hand. Dieser Urlaub dürfte nie zu Ende gehen, dachte sie gerade, als er auf seine

Armbanduhr sah. «Wenn wir nicht auf das Abendessen verzichten wollen, müssen wir allmählich zurück zum Hotel.»

«Laß uns vorher noch einen Kaffee trinken», bat sie. «Ich bin noch satt vom Mittagessen.»

Sie setzten sich an einen der Tische vor einem Café. Es war jetzt merklich kühler geworden. Stefanie bereute, daß sie nicht wenigstens ihre leichte Mohairjacke mitgenommen hatte. Da nahte auch schon der Kellner. «Due espressi», bestellte Peter.

«Si», nickte der Kellner. «Due caffè.» Peter schüttelte den Kopf. «No! Due espressi! Capito?» Stefanie zögerte, dann mischte sie sich doch ein. «Due caffè!» sagte sie lächelnd und dann zu Peter: «Für einen Italiener ist ein caffè immer ein Espresso! Wenn du was anderes möchtest, mußt du einen caffè lungo, einen caffè latte oder eine latte macciata verlangen.»

«Dann werde ich hier künftig nur noch Tee trinken», verkündete ihr Liebster düster.

«In Taormina haben Sie von der Mafia nichts zu befürchten», sagte Möller-Konze. «Aber im Landesinneren ... In einem Dorf im Landesinneren möchte ich nachts keine Autopanne erleben.»

Seine Frau nickte. «Nicht mal am hellen Tag! Wir unternehmen hier nichts ohne Reiseleiter. Da läuft man wenigstens nicht Gefahr, von irgendeinem Schafhirten vergewaltigt zu werden.»

Dich wird bestimmt niemand vergewaltigen, blöde Kuh, dachte Stefanie. Noch mal laß ich mich nicht zu diesen Leuten an den Tisch setzen. Sie erwartete, daß Peter jeden Moment aus der Haut fahren würde, doch er blieb ruhig.

«In Nigeria haben mich Aufständische einmal vier Wochen als Geisel genommen», flunkerte er mit todernstem Gesicht. «Die Beulenpest, die ich mir damals geholt habe, macht mir noch immer von Zeit zu Zeit zu schaffen. Man verläßt unser sicheres Deutschland eben nicht ungestraft.»

Frau Möller-Konze hatte gerade ihre Gabel in die Spaghettini getaucht und blickte Peter entsetzt an. «Das ist doch nicht mehr ansteckend? Ich meine Ihre Beulenpest ...»

Peter legte seine Hand auf ihren Arm. «Sie können unbesorgt sein. Wenn ich nicht gerade einen Schub ertragen muß, merke ich fast nichts mehr davon.» Er griff nach der Weinflasche, füllte Stefanies Glas und sein eigenes, dann beugte er sich wieder über seine Pasta.

Stefanie blickte sich im Restaurant des Hotels um. Sämtliche dreißig Tische waren besetzt, und den anderen Gästen schien das Essen genauso gut zu schmecken wie ihr. *Spaghettini con le seppie*, hatte die Speisekarte als *primo piatto* versprochen. Und als zweiten Gang noch *Saltimbocca alla romana*, Kalbsschnitzel mit Schinken und Salbei.

Wie schaffen es die Italiener bloß, bei solchen Mahlzeiten schlank zu bleiben, überlegte sie. Wenn ich nicht aufpasse, bin ich nach dieser Reise doppelt so dick wie Bodo. Da schob Frau Möller-Konze plötzlich ihren Teller von sich weg. «Ich glaube, das genügt mir für heute.» Sie blickte ihren Mann auffordernd an. «Kommst du mit? Ich möchte mir noch etwas die Füße vertreten.» Möller-Konze nickte und stand auf. «Dann guten Appetit noch!»

Peter nickte. «Danke. Der Koch in diesem Hotel ist ganz vorzüglich. – Aber wenn ich Ihnen noch einen Rat geben darf ... Benutzen Sie immer ein Insektenschutzmittel, bevor Sie abends aus dem Haus gehen. Wir befinden uns hier nicht weit von der Küste Afrikas. Mit der Malaria ist nicht zu spaßen.»

«Vielen Dank für den Hinweis», stammelte Möller-Konze ängstlich. «Ich gehe morgen sofort in eine Apotheke.»

Stefanie hatte sich zurückgehalten, doch als das Ehepaar außer Sicht war, schüttelte sie ärgerlich den Kopf. «Wie kann man so harmlosen Leuten nur solchen Schrecken einjagen. Beulenpest! Ich bitte dich! Die haben doch keine ruhige Minute mehr.»

«Und ihr blödes Gerede von der Mafia? – Ich habe mich bei unserer Auslandsabteilung erkundigt. Von der Mafia hat man nicht das geringste zu befürchten. Die machen sich doch ihren Tourismus nicht kaputt. Wenn man auf seine Wertsachen aufpaßt, ist man hier sicher wie in Abrahams Schoß.»

Er wandte sich wieder seinem Teller zu, aß sämtliche Spaghettini und schaffte sogar noch das Schnitzel, auf das Stefanie verzichtet hatte. Doch als der Kellner auch noch zwei große Portionen Eis mit Himbeeren an ihren Tisch brachte, lehnte er ab. «Auf keinen Fall! Ich will mir nach dem Urlaub keine neuen Anzüge kaufen müssen.»

«Mein Eis können Sie ruhig hierlassen», bat Stefanie. «Ich lasse mir doch solche Köstlichkeiten nicht entgehen.»

«Dann bringen Sie mir noch einen Espresso», bat Peter, und berichtigte sich lachend. «Ich meine natürlich einen caffè! – Sonst werde ich hier noch des Landes verwiesen.»

Der gute Wein versetzte beide in ausgelassene Stimmung. Als sie zurück in die Suite kamen, war ihr breites Bett schon aufgedeckt. Stefanie öffnete die Tür zur Terrasse, und als sie nach draußen trat, wunderte sie sich, wie der Mond hier aussah. Wie ein großer runder Lampion stand er am Himmel. Sie trat näher an die Brüstung und blickte auf die weitgeschwungene Bucht, an deren Ufer unzählige Lichter leuchteten. Sogar der Turm der Kirche, an der sie bei ihrem Spaziergang vorbeigegangen waren, erstrahlte jetzt im hellen Scheinwerferlicht.

Plötzlich spürte sie einen Luftzug, der sie frösteln ließ. Es ist hier doch noch ziemlich kalt am Abend, dachte sie gerade, da kam Peter auf die Terrasse und legte ihr seine Jacke über die Schulter. «Respekt vor deiner Romantik», sagte er trocken. «Aber du solltest deswegen keine Lungenentzündung riskieren.»

«Du kannst mich ja wärmen», antwortete sie leise. Er zog sie an sich, küßte sie lange, während sich seine Hand unter ihren Pullover schob. «Komm», sagte er leise. «Sonst erkälten wir uns noch alle beide.» Er zog sie in den Wohnraum, von dort aus ins Schlafzimmer, und als er ihr behutsam den Pullover auszog, ihre Schultern küßte und dann den Hals, spürte sie, wie eine Welle des Glücks durch ihren ganzen Körper lief, gegen die eine leichte Skepsis ankämpfte. Was ist denn plötzlich in Peter gefahren? dachte sie. Ein Tag im Süden kann doch einen Mann nicht derart verändern. Da streifte er ihr schon den langen Rock von den Hüften. Sie öffnete den Reißverschluß seiner Jeans, ließ sich auf die Knie sinken und tastete nach seinem Geschlecht. Er hob sie vom Teppich hoch, zog sie zum Bett und streichelte erst sanft ihre Brüste und dann langsam die Innenseite ihrer Oberschenkel. Er küßte sie auf den Mund, küßte ihre Brüste und ließ dann die Zunge um ihren Bauchnabel kreisen. «Hör sofort damit auf, das kitzelt!» lachte sie glücklich.

Da erstarrte er und sah sie fragend an: «Irre ich mich, oder hat es gerade an unserer Tür geklopft?»

«Dein Herz klopft lediglich wie verrückt», sagte sie, aber da hörte sie das Klopfen an der Tür auch.

«Wer stört uns denn noch um diese Zeit?» fragte er ärgerlich. Er nahm seinen weißen Frotteebademantel aus dem Schrank und ging ins Wohnzimmer. Sie kroch unter die Bettdecke und zog sie mit beiden Händen bis hoch zum Hals.

«Entschuldigen Sie bitte die späte Störung», hörte sie eine Männerstimme an der Wohnzimmertür. «Das wurde bei uns soeben für Sie abgegeben.»

«Das hätte wohl auch bis morgen Zeit gehabt», hörte sie Peter. Er kam ins Schlafzimmer, holte seine Geldbörse aus der Tasche seiner Jeans, nahm einen Geldschein heraus und eilte damit ins Wohnzimmer. «Hier, für Ihre Mühe! Aber stören Sie uns bitte nie wieder so spät, sofern kein Brand ausgebrochen ist.»

«Scusi», hörte sie die fremde Männerstimme. «Mi dispiace.» Stefanie wartete, bis die Tür laut ins Schloß gefallen war, dann sprang sie aus dem Bett und eilte ins Wohnzimmer. Peter stellte gerade einen großen Präsentkorb auf den Tisch. Er beäugte ihn mißtrauisch von allen Seiten. Stefanie sah eine Flasche Champagner, drei Flaschen Wein und große Orangen. Limonen lagen in hellem Grün zwischen Gläsern mit Nüssen und Mandeln. Sogar zwei große Schachteln *Paste di Mandorla* lagen im Korb.

Dann entdeckte Peter einen Briefumschlag. «Hier», sagte er und gab ihn ihr mit spitzen Fingern. «Wohl ein persönlicher Liebesgruß für dich!»

«Ich wüßte nicht, von wem», sagte sie. Sie fand eine

Karte, und als sie den Text gelesen hatte, sah sie Peter unsicher an. «Vom Notar Bonello! Er hofft, daß ich einen guten Flug hatte, und freut sich, mich endlich persönlich kennenzulernen.»

«Nun ja», sagte Peter nachdenklich. «Andere Länder, andere Sitten!» Er griff nach Stefanies Hand, zog sie wieder ins Schlafzimmer, doch dann ließ er sie plötzlich los. «Woher weiß der eigentlich, in welchem Hotel wir wohnen und daß wir schon heute angereist sind? Du hast den Termin bei ihm doch erst am Freitag.»

«Keine Ahnung», antwortete Stefanie. «Ich wußte doch bis zu unserer Ankunft hier selber nicht, wo wir wohnen würden. Du hast doch die Flüge und das Hotel gebucht.»

Sie gingen wieder ins Bett. Ihre ausgelassene Stimmung war wie weggeblasen. «Und von hier aus angerufen habe ich Bonello auch nicht!» sagte sie. «Du weißt, wir waren den ganzen Tag ständig zusammen.»

«Hör auf», sagte er ruhig. «Das habe ich keine Sekunde vermutet.» Sie legte ihren Kopf an seine Schulter, und wenig später fühlte sie, daß er seinen Arm über sie legte. Doch an Sex war nicht mehr zu denken. «Bloß gut, daß ich mitgeflogen bin», hörte sie nach einer Weile seine Stimme aus dem Dunkel. «Dieser merkwürdigen Erbschaft mißtraue ich von Minute zu Minute immer mehr.»

DREI

So schön die Terrasse ihrer Suite war, seit sie den Swimmingpool im Garten des Hotels entdeckt hatten, verbrachten sie dort soviel Zeit wie möglich. Nur was die Mittagsstunden betraf, gab es für Peter keinerlei Kompromisse. Um diese Zeit, sagte er, wären die Sonnenstrahlen besonders schädlich. Er hätte jedenfalls nicht die Absicht, einen Sonnenbrand zu riskieren. Ob das sein einziger Grund war, den Pool zwischen zwölf und drei Uhr zu meiden?

An so etwas wie Mittagsschlaf war jedenfalls nicht mehr zu denken. Sobald sie in die Suite zurückkamen, zog er Stefanie aufs Bett. Auch wenn seine Küsse dann noch nach dem Chlor des Schwimmbeckens schmeckten – er schien sie für alles entschädigen zu wollen, was sie während der letzten Monate vermißt hatte. Die beiden Nächte am Wochenende, gelegentlich mal eine gemeinsam in ihrer Wohnung verbrachte Nacht entsprachen jedenfalls nicht ihren Vorstellungen vom Leben mit dem Mann, den sie liebte. Aber wenn sie erst verheiratet wären, würde sich das schließlich ändern.

Stefanie saß im Bikini auf einer Liege. Am Vormittag hatten sie den großen Garten fast für sich allein. Die anderen Hotelgäste unternahmen einen Ausflug nach dem anderen. Stefanie räkelte sich auf der Liege und blickte zum Pool, in dem Peter jede halbe Stunde zehn Minuten lang eine Runde schwamm.

«Kannst du mich noch mal einölen?» rief sie ihm zu. «Meine Haut ist schon wieder ziemlich trocken.» Er antwortete nicht. Vielleicht hat er mich nicht gehört, dachte sie, doch da kletterte er auch schon aus dem Pool, und als er über das dichte Gras zu ihr kam, genoß sie den Anblick seines Körpers. Auch wenn Peter wie die meisten im Büro tätigen Männer nicht über die Muskulatur eines Ringkämpfers verfügte, sein kleines Bäuchlein störte sie nicht. Er hätte es ihretwegen nicht jedesmal einzuziehen brauchen, wenn sie ihn nackt sah.

Sie hielt ihm die Flasche mit der Lotion hin: «Hier, Liebster. Besonders den Rücken und die Schultern!» Sie rollte sich auf den Bauch, fühlte, wie die Sonnenmilch auf ihren Rücken tropfte. Dann spürte sie seine Hände. Kräftige Hände, die ruhig über ihre Haut strichen. Zuerst die duftende Lotion verteilten und dann ihren Rücken und ihre Schultern massierten. Sie schloß die Augen. Stundenlang hätte sie das genießen können. Wenn es nach ihr ginge, brauchte es nie aufzuhören. «Die Stelle zwischen den Schultern bitte auch», sagte sie träge. «Da hole ich mir immer am schnellsten einen Sonnenbrand.»

«Wir dürfen heute abend nicht vergessen, den Wecker zu stellen», riß er sie aus ihren Gedanken. «Wenn wir den Achtuhrzug nach Catania nehmen wollen, müssen wir das Hotel morgen früh spätestens um acht verlassen.»

«Dann müssen wir aber heute sehr früh ins Bett», sagte sie lachend. «Mit dir bekommt man ja hier die ganze Nacht kaum eine Stunde Schlaf.»

«Etwa was dagegen?» grinste er. «Seit wann sind Urlaubsnächte zum Schlafen da?»

Sie wollte gerade antworten, da kamen die Möller-Konzes zum Pool. Sie in einem verblichenen einteiligen Badeanzug, er in einer Badehose, die unter seinem bleichen Bauch noch winziger wirkte als Stefanies Bikinislip. Beide hatten Badetücher über dem Arm. Stefanie sah, daß Frau Möller-Konze auf ihren Mann einredete, dann kam er zu Stefanies Liege.

«Ich möchte Ihnen keinesfalls zu nahe treten», wandte er sich an Peter. «Aber Ihre Krankheit aus Afrika ... Wir können doch unbesorgt im Pool schwimmen?»

«Unbedingt», versicherte Peter. «Erstens ist das Wasser gechlort und zweitens ... Sogar während eines aktiven Schubs bestünde Ansteckungsgefahr höchstens bei sehr intensivem Hautkontakt. Sie können völlig unbesorgt sein.»

«Danke für die Auskunft. Ich hoffe, Sie verübeln mir meine Frage nicht. Aber in meinem Alter ...»

«Ich bitte Sie», sagte Peter. «Ich kann Ihre Befürchtungen voll und ganz verstehen. Aber sie sind vollkommen unnötig.» Möller-Konze ging zu seiner Frau zurück. Stefanie sah, daß er auf sie einredete, dann ließen sich die beiden auf die am weitesten von Stefanie und Peter entfernten Liegen nieder.

«Da sieht man, was man mit einer einzigen blöden Bemerkung anrichten kann», sagte Stefanie.

«Stimmt», sagte er. «Aber wolltest du dir etwa jeden Abend im Restaurant ihr dämliches Gequatsche anhören? Jetzt bleiben sie uns wenigstens von der Pelle. Was dagegen, wenn ich noch ein paar Bahnen schwimme?»

«Nur wenn ich dir Gesellschaft leisten kann», sagte sie.

Sie gingen zum Pool. Stefanie kühlte ihre Arme und Beine unter der Dusche neben dem Schwimmbecken ab und sprang dann ins glasklare Wasser. Schade, daß unser

Hotel mitten im Ort liegt, dachte sie. Auch wenn die See noch zu kalt ist, um darin zu schwimmen – es wäre schön, mit Peter abends am Strand entlang laufen zu können. Aber man kann im Leben eben nicht alles haben.

Sie schwamm zügig zwei Bahnen durch den Pool, dann ließ sie sich auf dem Rücken durchs Wasser treiben. Sie sah die Pinien und Zypressen am Rande der Liegewiese, in deren Mitte das Schwimmbecken lag, und wenn sie zur anderen Seite blickte, sah sie weit entfernt den Ätna, dessen sanft ansteigende Hänge sich weiß vom fast unwirklichen Blau des Himmels abhoben.

Stefanie hielt es für gewaltig übertrieben, daß Peter für den Besuch beim Notar sein Banker-Outfit angezogen hatte. Den dunkelblauen Anzug, ein weißes Hemd und eine gedeckte Krawatte.

«Der erste Eindruck ist immer der wichtigste», hatte er doziert. «Jeder beurteilt andere immer zuerst nach ihrer Kleidung. Ich möchte nicht, daß mich dieser Bonello für jemanden hält, mit dem er nach Belieben umspringen kann.»

Jetzt, im Zug zwischen Messina und Catania, wirkte er wie ein Fremdkörper. Außer Stefanie und Peter saßen nur Italiener im Abteil. Zwei alte Männer, die sich im sizilianischen Dialekt unterhielten. Neben Peter saß eine Frau mit einem Korb voll Eiern auf den Knien. Wohl eine Bäuerin auf dem Weg zum Markt. Stefanie sah aus dem Fenster. Satte grüne Wiesen, kleine Pinien- und Eichenwälder. Feigenbäume und Orangenhaine leuchteten im Licht der Morgensonne so kräftig, daß sie sich allein von der Schönheit der Landschaft wie betrunken fühlte.

«I biglietti, prego», bat der Fahrkartenkontrolleur. Peter

gab ihm die beiden Fahrscheine. Der Eisenbahner prüfte sie so sorgfältig wie ein Briefmarkensammler eine Blaue Mauritius. «Entwerten Sie Ihre Fahrscheine künftig vor Fahrtantritt», sagte er auf italienisch. «Wenn heute nicht mein Hochzeitstag wäre, würde ich Ihnen sechzigtausend Lire Strafe abnehmen.»

Stefanie übersetzte für Peter, und das Gesicht ihres Liebsten wurde fast so rot wie eine Geranienblüte. «Woher soll man so was denn wissen?» knurrte er.

Stefanie schenkte dem Eisenbahner ihr freundlichstes Lächeln. «Molte grazie. Sehr nett von Ihnen.»

«Tante belle cose!» sagte er. «Alles Gute für Ihren Urlaub.»

Die Fahrt dauerte zwar noch eine Stunde, doch als sie in Catania aus dem Abteil stiegen, hatte sich Peter noch immer nicht über die Fahrscheine beruhigt. «Wie soll man wissen, daß man die hier selber entwerten muß? Kannst du mir das verraten?»

«Weil auf jedem Fahrschein darauf hingewiesen wird», sagte sie.

«Und weshalb haben wir es dann nicht gemacht?»

«Weil ich nicht perfekt bin», schrie sie zurück. «Und abgesehen davon steht es nur auf italienisch drauf! Meinst du vielleicht, ich guck mir jeden Fahrschein mit der Lupe an?»

Sie gingen die Stufen vom Bahnsteig in die Bahnhofshalle hinunter, und als sie den Lärm dort hörte, die vielen Menschen sah, die sich vor dem Zeitschriftenkiosk und den Schaltern drängelten, mußte sie wieder an Rom denken. Italien, dachte sie, endlich bin ich wieder in Italien. Dann legte sie den Trageriemen ihrer Tasche quer über die Brust, damit man sie ihr nicht einfach von der Schulter reißen konnte.

«Am besten, wir fahren mit dem Taxi zu deinem Notar», sagte Peter. Sie sah auf die Uhr und schüttelte den Kopf.

«Impossibile! Dann kommen wir eine Stunde zu früh in sein Büro. Am besten, wir trinken in aller Ruhe noch einen Caffè und gehen dann zu Fuß. Die *Via Garibaldi* beginnt direkt hinter dem Dom. Wir können sie unmöglich verfehlen.»

«Woher weißt du das denn?»

«Weil ich mir wenigstens die Stadtpläne genau ansehe!» sagte sie ärgerlich. Sie schlängelten sich durch den lebhaften Autoverkehr vor dem Bahnhof auf die andere Straßenseite, und als sie wenig später durch eine enge Seitenstraße in Richtung der Altstadt gingen, hatte Stefanie zuerst das Gefühl, in ein anderes Jahrhundert geraten zu sein.

Dunkelbraune, düstere Fassaden uralter hoher Häuser auf beiden Straßenseiten. Schwere Holztüren, vor den Fenstern verwitterte Fensterläden, Balkons mit verrosteten eisernen Brüstungen. Weit und breit kein Mensch. Nur verbeulte alte Autos, Stoßstange an Stoßstange auf dem schmalen Bürgersteig geparkt, deuteten darauf hin, daß die Häuser bewohnt waren. Sogar die Müllabfuhr schien diese Straße zu meiden. Aus großen grauen Plastiksäcken neben den Haustüren strömte ein Gestank, den selbst die Katzen nicht zu ertragen schienen. Stefanie sah keine einzige.

Doch schließlich mündete die Straße in eine breite Allee. Die Passanten hasteten achtlos an den Schaufenstern vorbei, vermutlich auf dem Weg zur Arbeit. Vor einem Zeitungskiosk rauchten Männer ihre Zigarette. Auf dem Pflaster davor hatten zwei Afrikaner ihre Waren ausgebreitet. Ledergürtel, hölzerne Elefanten und jene Sitzkissen, die später in den Kellern deutscher Urlauber verstaubten. Ein paar Häuser weiter, an der Ecke eines großen Platzes – endlich eine *Bar pasticceria*, an deren Tischen gut gekleidete Männer beim Frühstück ihre *La Sicilia* lasen.

«Komm», sagte sie. «Für einen Cappuccino und ein *Brioche* haben wir noch genug Zeit.»

«Wenn du meinst ...», sagte Peter. «Aber ich möchte nicht unpünktlich sein.»

«Besser eine Viertelstunde zu spät als fünf Minuten zu früh», sagte sie. «Glaub mir! Ich kenne die Italiener.» Sie bereute diese Bemerkung sofort, aber jetzt war es zu spät. Weshalb habe ich bei Peter eigentlich ständig Angst, etwas falsch zu machen? ärgerte sie sich. Es geht doch hier um meine Angelegenheiten, nicht um seine.

Wie Stefanie dem Stadtplan entnommen hatte, begann die *Via Garibaldi* gleich hinter dem Dom. Während sie sich dem Haus näherten, in dem sich die Kanzlei des Notars Bonello befinden sollte, deutete Peter auf ein blaues Auto mit der Aufschrift *Polizia*, neben dem zwei *Carabinieri* mit Maschinenpistolen standen. «Dein Notar hat sich wohl gut auf unseren Besuch vorbereitet», witzelte er.

«Ich glaube eher, die bewachen die Bank gegenüber», sagte Stefanie kurz. Seit sie das Gebäude gesehen hatte, in dem der Notar residierte, bereute sie, daß sie nur ihre Jeans und ein T-Shirt angezogen hatte. Von wegen Gebäude! – Ein *Palazzo* war es, in dem sich die Kanzlei befand! Ein Palast mit schwarz polierter Marmorfassade und Säulen rechts und links der Glastür, die den Weg in eine große Halle freigab.

An einem Empfangstisch, hinter dem flackernde Lämpchen an den Kommandostand des Raumschiffs *Enterprise* erinnerten, eine junge Italienerin. Bonello hatte Stefanie mitgeteilt, daß sich seine Kanzlei in der dritten Etage befand, aber als sie den Sicherheitsbeamten neben der Treppe sah, holte sie seinen Brief aus der Handtasche. Die Frau am Empfang blickte auf eine Liste und deutete dann auf die Tür eines Aufzugs. «Terzo piano. Notaro Bonello erwartet Sie.»

«Was immer auch geschieht», schärfte ihr Peter ein, als sich die Lifttüren geschlossen hatten. «Du unterschreibst nichts. Wenn du irgend etwas nicht verstehst, bittest du um Bedenkzeit. Abgesehen davon ... Ich habe auch meine Vorkehrungen getroffen.» Er knöpfte seine Jacke auf, zeigte ihr ein kleines Tonbandgerät und ließ es sofort wieder in der Tasche verschwinden. «Nur für alle Fälle! Vorsicht ist die Mutter der Porzellankiste.»

«Ich mag solche dreckigen Tricks nicht», konnte Stefanie gerade noch antworten, da öffneten sich die Lifttüren, und sie blickte in das Gesicht eines alten Italieners. «Benvenuto in Sicilia, Signora Berger», begrüßte er sie nahezu liebenswürdig. Er bedachte Peter mit einem schnellen, prüfenden Blick. «E Lei, cosa fa? Sind Sie der Anwalt von Frau Berger?»

«Um Gottes willen», sagte Stefanie. «Sono con il mio fidanzato. Peter Scholz.» Sie merkte, daß sie errötete, als sie Peter als ihren Verlobten vorstellte, aber warum nicht? Vielleicht hatte es auch seine Vorteile, daß ihr Liebster kein Italienisch verstand. Bonello schüttelte ihm sofort die Hand: «Salve, Signor Scholz, piacere di conoscerla. Freut mich, Sie kennenzulernen.»

Der Notar führte sie durch das Vorzimmer, wo eine etwa vierzigjährige Frau an einem Computer arbeitete, in sein Büro. Auch hier bedeckten unzählige Aktenstapel hohe Regale an den Wänden. Er deutete auf zwei Stühle vor einem altmodischen dunkelbraunen Schreibtisch, setzte sich dahinter und drückte auf eine Taste der Sprechanlage. «Caffè e grappa», bestellte er und schlug eine Akte auf, die auf dem Tisch lag. «Potrei avere il Suo passaporto, per favore», bat er Stefanie. Er betrachtete ihren Personalausweis sehr genau, notierte die Nummer, und als er ihr die Plastikkarte zurückgab, sagte er: «Ich bedaure, daß es so lange gedauert hat, bis ich endlich Ihre Anschrift ermitteln konnte. Aber was lange währt, wird hoffentlich gut.»

Sie sah, daß sich Peter immer unbehaglicher auf seinem Stuhl fühlte, und fragte, ob es nicht möglich wäre, das Gespräch auf deutsch oder zumindest englisch zu führen.

Notar Bonello schüttelte den Kopf. Sosehr er es bedaure, er spreche leider nur Italienisch. Aber er wolle sich bemühen, für sie so langsam wie möglich zu reden. Stefanie konnte sich nicht mehr zurückhalten. «Ich verstehe das alles nicht! Ich kenne diesen Mann überhaupt nicht, von dem ich etwas geerbt haben soll. Wieso gerade ich?»

Der alte Mann sah sie an und zuckte mit den Schultern: «Keine Ahnung! Ich habe Signor Piazzolo in allen Rechtsangelegenheiten vertreten. Da war es selbstverständlich, daß ich auch seinen Letzten Willen beurkundet habe. Über den größten Teil seines Vermögens hat er anderweitig verfügt, aber was sein kleines Hotel betrifft ... Er hat darauf bestanden, daß es die Tochter der Eheleute Elisabeth und Friedrich Berger erbt. Er kannte sogar Ihren Vornamen, Frau Berger. Stefanie Berger! – Sie haben doch hoffentlich

Ihre Geburtsurkunde und die Heiratsurkunde Ihrer Eltern mitgebracht? Die benötige ich für das Gericht.»

Stefanie glaubte, sie höre nicht recht. Ein Hotel? Ein wildfremder Mann sollte ihr ein Hotel vererbt haben? «Das muß ein Irrtum sein», sagte sie zögernd. «Wie ich Ihnen schon sagte ... Ich habe noch nie etwas von diesem Signor Piazzolo gehört.»

«Und Ihre Eltern?» fragte der Notar. «War Ihr Vater vielleicht während des Krieges in Italien und hat sich damals mit ihm angefreundet?»

Sie schüttelte den Kopf. «Ausgeschlossen. Mein Vater hat immer nur von Frankreich und der Ostfront erzählt.»

«Nun übersetze doch endlich für mich, was er sagt», mischte sich Peter ins Gespräch. «Um was geht es überhaupt? Ich verstehe immer nur Hotel.»

«Ich soll angeblich von Herrn Piazzolo ein Hotel geerbt haben», sagte Stefanie verwirrt. «Ehrenwort, Peter! Ich habe den Namen dieses Mannes noch nie im Leben gehört.»

«Erkundige dich, ob mit der Erbschaft irgendwelche Auflagen verbunden sind. Schulden ... Hypotheken ... – Entweder, du hast mir irgend etwas verschwiegen, oder aber die Sache stinkt bis zum Himmel.»

Auflagen? Schulden? Hypotheken? Stefanie hatte das Gefühl, in einen Traum geraten zu sein, aus dem sie jeden Augenblick erwachen mußte. Sie übersetzte Peters Fragen, so gut sie konnte, und Notar Bonello blickte wieder in seine Akte. «Der Besitz ist völlig schuldenfrei. Giovanni hat sogar darauf bestanden, daß der Betrieb weitergeführt wird, bis er an Sie übertragen werden kann. Aber versprechen Sie sich nicht zuviel! Das Hotel ist ein ziemlich kleiner Familienbetrieb in Giardini-Naxos. Wenn Giovanni nicht einige zuverlässige Angestellte gehabt hätte ... Er hätte das Haus schließen müssen, als er krank wurde. Aber jetzt sind wenigstens noch Gäste da.» Er lächelte. «Es war zwar nicht ganz einfach, aber so bekommen Sie immerhin einen Eindruck davon, was auf Sie zukommt.»

Was auf mich zukommt? Inzwischen war Stefanie so durcheinander, daß sie nicht mehr wußte, ob sie den Notar überhaupt richtig verstand. Wer hinterläßt einem wildfremden Menschen ein Hotel? Was will dieser Mann von mir? Die Sache muß doch irgendeinen Haken haben.

«Frage ihn, ob er dir eine Abschrift dieses Testaments überlassen kann», sagte Peter. «Und bitte ihn um einen Grundbuchauszug. Sofern es so etwas hier überhaupt gibt.»

Stefanie glaubte plötzlich, in einem Film mitzuspielen. Das Büro mit den Aktenregalen an den Wänden, der Schreibtisch. Dahinter der grauhaarige Sizilianer im dunklen Anzug, der Duft seines Rasierwassers, der ihr schon an der Tür aufgefallen war. Die Kaffeetassen und die Grappaflasche auf dem kleinen Tisch.

«Ha del materiale informativo sul testamento e una voltura catastale?» hörte sie sich sagen, und ihre Stimme erschien ihr wie die einer Fremden. Notar Bonello nickte und gab Stefanie einige Blätter aus der Akte. «Selbstverständlich! Ich habe für Sie das Testament und den Katasterauszug fotokopiert. Aber lassen Sie sich Zeit. Wenn Sie die Erbschaft annehmen ... So etwas ist bei uns mit sehr viel bürokratischem Aufwand verbunden. Ich werde Ihnen dabei selbstverständlich behilflich sein. Ich habe einige gute Bekannte beim Gericht in Messina.»

Er sah auf seine Uhr, klappte das Aktenstück zu. «Ihre

Geburtsurkunde und die Heiratsurkunde Ihrer Eltern würde ich gern fotokopieren lassen. Ach so ...» Er war schon aufgestanden und im Begriff, sie zur Tür zu begleiten. «Die Angestellten im Hotel sind natürlich sehr neugierig, ihre neue Chefin kennenzulernen! Wenn es Ihnen recht ist ... Ich soll Sie für morgen abend einladen. Ein Buffet, das Emanuele samstags immer für die Gäste anrichtet, ist sein größter Stolz. Wenn ich Sie morgen abend um fünf Uhr im *Hotel Norma* abholen dürfte ...»

Er stand auf, und sie folgten seinem Beispiel. «Selbstverständlich», sagte Stefanie. «Und herzlichen Dank für den wunderbaren Präsentkorb! Woher haben Sie eigentlich gewußt, wann wir ankommen und wo wir wohnen?»

«Mein Sohn arbeitet in der Flughafenverwaltung. Er hat für mich jeden Tag die Passagierliste durchgesehen.»

«Tatsächlich? – Also das wäre wirklich nicht nötig gewesen.»

«Aber ich bitte Sie!» erwiderte er. «Nur ein kleiner Willkommensgruß. Genießen Sie Sizilien. Der Frühling ist unsere schönste Jahreszeit. – Nun, wir werden ja noch genug Zeit haben, über alle Einzelheiten ausführlich zu sprechen.»

Die Besprechung in der Notariatskanzlei hatte knappe zwei Stunden gedauert. Als Stefanie und Peter das Gebäude verließen, begann die *Siesta*. Die meisten Geschäfte schlossen. Vor manchen Schaufenstern wurden Gitter herabgelassen. Gut gekleidete Männer und Frauen bevölkerten jetzt die Straße, strebten in ihre Bars oder für einen kleinen Imbiß in die nächste Trattoria.

In Stefanie kämpften die widerstrebendsten Empfindungen gegeneinander. Ein Hotel, dachte sie. Ich habe ein Hotel geerbt. Aber wer vererbt einem wildfremden Menschen Grundbesitz? Man kann es drehen, wie man will, dachte sie. Man bekommt im Leben nichts geschenkt. Von Fremden schon gar nicht.

Sie sah Peter an, der mit ernstem Gesicht schweigend neben ihr ging. «Na, was hältst du von der Sache? Wenn ich ehrlich sein soll, ich kann das alles noch immer nicht glauben.»

Es dauerte eine Weile, bis er antwortete: «Glauben heißt nicht wissen!» brummte er und sah sie böse an: «Wenn du zu deiner Zeit in Rom ein Verhältnis mit ihm hattest, das wäre eine vernünftige Erklärung. Dann wäre die Erbschaft ein verspäteter Dank für heiße Liebesnächte. – Du weißt, daß mich deine früheren Beziehungen nicht interessieren, aber wenn du dich während deines Studiums prostituiert haben solltest, das möchte ich doch wenigstens wissen.»

«Prostituiert?» Stefanie glaubte, sie könne ihren eigenen Ohren nicht mehr trauen. Dann schlug sie ihm ins Gesicht. «Wenn du das nicht sofort zurücknimmst, bist du für mich gestorben! Meine Eltern haben mir das Jahr in Rom bezahlt. Soll ich dir vielleicht eine eidesstattliche Erklärung meines Vaters vorlegen? Gerne! Er ist zwar nur ein einfacher Versicherungsvertreter, aber die Ausbildung seiner Tochter konnte er gewiß bezahlen.»

Peter schien einzusehen, daß er zu weit gegangen war. Er wollte seinen Arm um ihre Schulter legen, doch sie stieß ihn weg. «Laß gefälligst die Finger von mir! Du hast noch nicht bezahlt.»

«Ich entschuldige mich in aller Form für meine dumme Bemerkung», sagte er. «Ich suche lediglich nach einer Erklärung für diese ungewöhnliche Erbschaft. Weshalb ausgerechnet du? Und wenn er deinem Vater während des Krieges begegnet sein sollte … Dann hätte er das Grundstück doch wahrscheinlich ihm vererbt. Ich kann mir keinen Reim auf die ganze Sache machen. Das ist alles.»

Ich auch nicht, dachte sie. Aber warum soll ich nicht auch mal Glück haben? Weshalb soll mir das Leben nicht auch mal etwas schenken?

«Vielleicht sind irgendwelche Auflagen mit diesem Besitz verbunden», sagte er nachdenklich. «Oder der Alte ist durch irgendeinen Zufall an deine Anschrift gelangt. Vielleicht hat ein Verwandter von ihm mit dir in Rom studiert, oder einer deiner damaligen Freunde hat ihm von dir erzählt. Genaugenommen wissen wir von diesem verstorbenen Hotelbesitzer nicht das geringste. – Aus welcher Stadt kommt eigentlich dieser Marcello, von dem du mal erzählt hast?»

«Aus Turin», sagte sie schroff. «Sein Vater hat bei Fiat am Fließband gestanden. Aber wenn du möchtest … Du kannst dir ja seinen Lebenslauf besorgen. Ihr habt ja so gute Beziehungen bei eurer Bank.» Sie sah ihn wütend an und streckte ihre Hand aus: «Du gibst mir sofort das Tonband, das du beim Notar heimlich aufgenommen hast!»

«Weshalb? Das war eine reine Vorsichtsmaßnahme. Ich verstehe kein Italienisch und dachte …»

Sie unterbrach ihn: «Was du denkst, ist mir im Augenblick völlig egal. Das Tonband, und zwar sofort!»

Er sah sie an, schüttelte den Kopf und holte das kleine Gerät aus der Jackentasche. Sie riß es ihm fast aus der Hand, entnahm ihm die Kassette und riß das dünne braune Band heraus. Dann gab sie ihm das Gerät zurück. «Auch wenn du mich für eine Hure halten magst, dieser Notar ist ein anständiger Mann. Ich mag nun mal keine schmierigen Tricks. Merk dir das für die Zukunft. Sofern es für uns überhaupt noch eine gibt!»

Inzwischen hatte sie Mühe, die Tränen zurückzuhalten, und als er wieder seinen Arm um sie legte, ließ sie es geschehen. «Entschuldige bitte», sagte er. «Ich habe das doch nicht in meinem Interesse gemacht, sondern nur, weil ich dich beschützen will. Meinst du, ich habe ohne Grund auf meinen Skiurlaub verzichtet? Tut mir leid! Wenn ich dir hier im Weg bin … Vielleicht sollte ich mit der nächsten Maschine nach München zurückfliegen.»

«Unsinn!» sagte sie leise. «Ich bin nur völlig durcheinander. Ich erbe nicht jeden Tag von Fremden ein Grundstück.»

«Wenn es wirklich so sein sollte, freue ich mich mindestens so darüber wie du. Aber du mußt verstehen, daß mir das alles höchst unwahrscheinlich vorkommt.»

Sie hatten inzwischen die *Piazza Duomo* erreicht, den großen Platz vor dem Dom. Stefanie deutete auf das Wahrzeichen Catanias, einen Elefanten aus schwarzer Lava, der einen Obelisken trug. «Und wie kommt ein Obelisk aus Ägypten nach Sizilien?» fragte sie. «Höchst unwahrscheinlich, nicht wahr? Vielleicht solltest du einfach akzeptieren, daß es für manches im Leben keine vernünftigen Erklärungen gibt.»

Er sah sie erleichtert an. «Vermutlich hat mich mein Beruf zu skeptisch gemacht. Aber wenn du in einer Bank arbeitest … Vertrauen ist ja ganz schön, aber Kontrolle ist besser. Oder soll ich dich vielleicht in ein offenes Messer laufen lassen? Ich will nur vermeiden, daß du in Schwierigkeiten gerätst.»

Das hat bisher jeder Mann gesagt, der mich bevormunden wollte, dachte sie. Doch als sie dann Peters Augen sah, die sie ernst und traurig anblickten, gewannen ihre Gefühle für ihn wieder die Oberhand. Was auch immer sie an ihm auszusetzen hatte – wenn sie ihn brauchte, war er für sie da. Sogar bei ihren Problemen in der Werbeagentur beriet er sie, so gut er konnte. War das heutzutage noch selbstverständlich? Die meisten Männer seines Alters wollten doch nur ihr Vergnügen, und wenn Schwierigkeiten auftauchten, entfernten sie sich so schnell wie möglich. Sie hängte sich bei Peter ein: «Laß uns jetzt mit dem blöden Streit aufhören und was Schönes essen gehen, ja?»

Im *Ristorante* lief Stefanie das Wasser schon im Munde zusammen, als sie vor der Vitrine mit den *Antipasti* stand. Getrocknete Tomaten in Öl und Kräutern. Artischocken in köstlicher Sauce. Sardinen gab es mit Oregano gebraten, gefüllt oder gebacken. Sie lagen neben Venusmuscheln in Öl, mit Knoblauch und Basilikum. Sogar zwischen Parmaschinken mit Feigen, Schinken in Orangengelee oder warmem Schinken in Meerrettich-Sauce konnte man hier wählen, von der *Carpaccio* und anderem feinen Aufschnitt ganz zu schweigen.

«Die Italiener haben zwar das Girokonto erfunden», sagte Peter. «Aber ihre kulinarischen Genüsse sind mir noch lieber.» Beide bedienten sich reichlich am Vorspeisenbuffet. Peter erntete zwar einen verächtlichen Blick, als er ein Filetsteak bestellte, doch Stefanies Entscheidung für im Tonmantel gegartes Perlhuhn versöhnte den Kellner wieder. «Lei è italiana?»

«No, sono tedesca», lachte Stefanie. Ich bin Deutsche.

So glücklich hatte sie sich im Urlaub lange nicht mehr gefühlt, und eine Spur von Mißtrauen regte sich in ihr. Konnte es so viel Glück überhaupt geben? Und währte es, wenn man es empfand, länger als ein paar Stunden oder höchstens ein paar Tage?

Das ist mir völlig egal, dachte sie. Ich werde jede Sekunde dieses Urlaubs voll genießen. Dann erinnerte sie sich wieder an den Besuch beim Notar. Sie holte die Dokumente aus ihrer Handtasche, warf einen kurzen Blick darauf und reichte sie Peter über den Tisch. «Wirst du klug daraus?»

Er faltete eins der Papiere auseinander. «Scheint ein Bauplan zu sein und hier ...» Er betrachtete ein anderes Blatt. «Nach diesen Unterlagen liegt das Grundstück direkt am Strand. Das Gebäude hat drei Etagen und wurde neunzehnhundertzweiunddreißig erbaut.»

Sie blickte ihn ungläubig an. «Ein Strandhotel?»

«Sieht so aus», sagte er. «Im Bauplan ist jedenfalls vom *Strandhotel Italia in Giardini-Naxos* die Rede. Aber Baujahr zweiunddreißig ... Wenn ein Gebäude mehr als sechzig Jahre alt ist, ich weiß nicht ... Solche alten Häuser sind nicht selten wie ein Faß ohne Boden. Wenn du an einer Seite mit den notwendigsten Reparaturen fertig bist, mußt du an der anderen schon wieder anfangen.»

Er faltete die Unterlagen zusammen. «Mehr kann ich dir leider nicht dazu sagen. Ich bin kein Grundstücksexperte. Aber wenn ich dir einen Vorschlag machen darf ...» Er sah sie unsicher an. «Ich möchte mich keinesfalls in deine Angelegenheiten einmischen! Aber wenn ich an deiner Stelle wäre ... Ich würde sämtliche Papiere nach München faxen. Zumindest den Grundbuchauszug. Da weißt du schon morgen, ob das Grundstück mit Hypotheken oder derlei belastet ist.»

Ein Strandhotel? Ich soll ein Strandhotel geerbt haben? Und was Peter sagt, ist das schon wieder ein Versuch, mich zu bevormunden? Nein, entschied sie. Sein Vorschlag ist schlicht und einfach vernünftig.

«Keine schlechte Idee!» sagte sie. «Die Meinung von Fachleuten ist immer nützlich. Aber bis morgen werden wir die Auskünfte kaum bekommen. Heute ist Freitag.»

Er sah sie fast gekränkt an. «Das laß mal meine Sorge sein. Ich habe einige gute Freunde in München.» Er winkte den Kellner an den Tisch und bat um die Rechnung, die er mit seiner Kreditkarte beglich.

«Eigentlich hatte ich dich diesmal einladen wollen», sagte Stefanie, als sie das Lokal verließen. «Ich wollte meine Erbschaft mit dir feiern.»

«Erst wenn wir wissen, daß sie keinen Haken hat», sagte er. «Und in diesem Fall bestehe ich auf Champagner.»

«Dann werden wir im Champagner baden», sagte sie. Inzwischen waren alle Läden wieder geöffnet. Sie schlenderten durch die *Via Etnea*, bis sie ein Geschäft fanden, das den Versand von Telefaxen anbot. «Genau so was habe ich die ganze Zeit gesucht», sagte er und griff schon nach seinem Notizbuch, als sie den Laden betraten. «Ich möchte zehn Blatt nach München faxen. Ist das bei Ihnen möglich?»

Die Angestellte sah ihn hilflos an. Stefanie übersetzte, und als ein junger Mann dann die Dokumente an die Telefonnummer in München faxte, war sie froh, daß er in ihrer Nähe war. Auch wenn er kein Italienisch sprach – er kannte sich in geschäftlichen Angelegenheiten aus, und das gab ihr ein Gefühl von Sicherheit.

Diesmal hatte Peter die Fahrscheine im Bahnhof von Catania ordnungsgemäß entwertet. Der Zugschaffner gab sie ihm mit einem freundlichen «Va bene» zurück, und als er sie zufrieden wieder einsteckte, mußte sich Stefanie zwingen, nicht laut zu lachen. So war nun mal ihr Liebster: selbstsicher, immer bestrebt, sich korrekt zu verhalten. Wenn ihm auch nur der kleinste Fehler unterlief, wurde er zuerst ärgerlich und dann unsicher, doch derselbe Fehler unterlief ihm selten ein zweites Mal.

Inzwischen stand die Sonne schon ziemlich tief. Es war so warm im Abteil, daß Peter ein Fenster geöffnet hatte. Als der Zug Catania verlassen hatte, roch sie den Duft von Thymian und Minze so intensiv, als bemühe sich die Insel, sie mit ihren Gerüchen zu betören.

So unwahrscheinlich es ihr vorkam, daß ihr ein Fremder etwas vererbt haben sollte – falls es wirklich so wäre, brauchte sie vielleicht ihren Lebensunterhalt nicht mehr in der Werbeagentur zu verdienen. Warum sollen eigentlich immer nur die anderen Glück haben und nicht auch einmal ich? dachte sie.

«Ich würde an deiner Stelle alles in Ruhe auf mich zukommen lassen», riß sie Peters Stimme aus ihren Gedanken. «Sofern alles wider Erwarten in Ordnung sein sollte, beauftragen wir am besten einen Makler, das Objekt für dich zu verkaufen. Was willst du mit einem Besitz auf Sizilien anfangen?»

«Immer eins nach dem anderen, ja? Bisher habe ich das Hotel noch nicht einmal gesehen. Da denk ich doch nicht schon ans Verkaufen!» Doch er hatte sie auf eine Idee gebracht. «Wollen wir nicht mal hinfahren und uns das Haus ansehen?»

Er überlegte kurz, bevor er nickte: «Warum nicht! – Wir müssen nur aufpassen, daß uns heute noch keiner sieht.»

Sie griff nach dem Lageplan und legte den Stadtplan von Giardini-Naxos daneben. Im Lageplan war zwar keine genaue Adresse genannt, doch sie einigten sich darauf, daß es in der Nähe einer Ausgrabungsstätte liegen mußte, die in beiden Plänen eingezeichnet war. «Wir fahren am besten mit dem Bus zu dieser *Zona Archeologica* und gehen von dort aus zu Fuß», sagte er. «Wenn wir ein Taxi nehmen, weiß es der Notar spätestens in einer Stunde.»

«Nun hör aber auf!» antwortete sie. «So wichtig sind wir auch wieder nicht.» Aber sie folgte seinem Vorschlag.

Als sie im Bus zuerst durch die düstere Altstadt fuhren und danach auf der fast menschenleeren *Via Nazionale*, bedrückte sie plötzlich, was sie durch das verschmutzte Busfenster sah. Dunkle hohe Häuser, unbebaute Grundstücke. Autohalden und verdorrte Wiesen. Sogar die Palmen und Pinien wirkten jetzt so bedrohlich, daß sie unwillkürlich näher zu Peter hinüberrückte.

Wahrscheinlich ist das das wirkliche Sizilien, dachte sie gerade, als der Bus von der Hauptstraße abbog, doch da sah sie wieder Lichter. Hell erleuchtete Schaufenster, Restaurants. Und als das Fahrzeug am Meer entlangfuhr, vorbei an Straßencafés, aus deren Lautsprechern die Hits der Saison dröhnten, als sie Liebespaare sah, die engumschlungen auf der niedrigen Mauer zwischen der Straße und dem Strand saßen und aufs Meer hinausblickten, verflogen ihre düsteren Gedanken.

Es dauerte nicht lange, bis der Bus an der Ausgrabungsstätte hielt. Sie stiegen aus, und Stefanie fragte in einem Lokal den Kellner nach dem *Strandhotel Italia*.

«*Strandhotel Italia*?» Der Mann sah sie unsicher an. Keine Ahnung, sagte er in einem Dialekt, den sie kaum verstand. Aber die Frau an der Kasse wußte Bescheid. Ein altes Haus am Ende einer kleinen Sackgasse. Sie sollten einfach weiter am Meer entlang gehen und hinter dem *Hotel Metropol* in eine kleine Straße, an deren Ende ihr Ziel liege. «Aber wenn ich Ihnen einen Rat geben darf, Signora –, seit Padrone Piazzolo von uns gegangen ist, geht es dort immer mehr bergab. Suchen Sie sich lieber eine andere Unterkunft.»

«Molto grazie», bedankte sich Stefanie. «Sehr freundlich von Ihnen.»

«Prego!» antwortete die Frau an der Kasse. «Arrivederci.»

Sie folgten der Wegbeschreibung und gingen die breite Straße am Meer entlang, bis sie schon von weitem die hell erleuchtete Fassade des *Grand Hotel Metropol* sahen. Auch die kleine Sackgasse fanden sie auf Anhieb. Schon als sie vielleicht fünfzig Meter diese schmale Straße entlanggegangen waren, merkte Stefanie, wie wenig sie der Strandpromenade ähnelte. Auf der Promenade am Lido hatte Musik aus den Osterias und Straßencafés jeden Schritt begleitet. Die vielen Lampen und die Scheinwerfer der Hotels strahlten so hell, daß man noch nach zehn Uhr abends die Zeitung auf der Straße lesen konnte.

In der kleinen Gasse dagegen, an deren Ende ihr *Hotel Italia* liegen sollte, gab es nur einige wenige Laternen, und es war so still, daß Stefanie jeden ihrer Schritte hören konnte. Auf der rechten Seite war die Gasse nicht bebaut. Hinter hohen Zäunen sah sie Oliven-, Feigen- und Orangenbäume im schwachen Licht des Mondes. Auf der linken

Seite Mauern und Zäune vor großen Gärten, in denen, weit voneinander entfernt, alte rustikale Villen unbewohnt wirkten, obgleich sie gepflegt aussahen.

«Wahrscheinlich die Zweithäuser reicher Stadtbewohner», sagte Peter, da näherten sie sich dem Ende der Gasse, und Stefanie entdeckte ein kleines Schild an einer Natursteinmauer. *Strandhotel Italia,* las sie auf der verstaubten Platte aus Messing. Hinter der Mauer die dunkle Fassade eines Gebäudes mit drei Stockwerken, in dem nur wenige Fenster erhellt waren. Einige Stufen führten zum Eingang des Hauses, einer Glastür, durch die schwaches Licht auf die Stufen fiel.

Peter sah Stefanie nachdenklich an. «Sieht nicht gerade wie der *Bayrische Hof* aus, was?»

«Keine vorschnellen Urteile», sagte sie leicht verärgert. «Du bist doch sonst immer so gründlich!» Als sie bemerkte, daß neben dem Hotel eine dunkle Villa in einem verwilderten Garten lag, den nur ein weniger als zwei Meter hoher Zaun von der Gasse abgrenzte, sah sie Peter auffordernd an. «Meinst du, wir können das riskieren? Ich möchte das Hotel unbedingt mal von der anderen Seite sehen.»

Er sah sie an, als zweifle er an ihrem Verstand: «Bist du wahnsinnig? Unerlaubtes Betreten eines fremden Grundstücks? Ich kenne zwar hier das Recht nicht, aber...» Er brach ab, denn sie kletterte bereits über den Zaun. Er zögerte kurz und folgte dann ihrem Beispiel. Wie eine Verschwörerin fühlte sich Stefanie, als sie geduckt und so leise wie möglich durch den Garten des Nachbargrundstücks schlichen. Als sie von dort aus zum *Hotel Italia* hinüberblickte, verschlug es ihr fast den Atem.

An der dem Meer zugewandten Rückseite des Hotels

war die Fassade in strahlend hellem Weiß gestrichen. Auf jeder der Etagen sechs große Balkons. Davor Pinien, Palmen und Zypressen, die sich, von Scheinwerfern angestrahlt, vom nächtlichen Himmel abhoben. Unter den Bäumen verstreut, kleine Tische, Stühle und Liegestühle. An zwei Tischen saßen einige Hotelgäste beim Kartenspiel. In der Luft mischte sich der würzige Duft von Pinien, Zypressen, Orangen und Limonen mit dem salzigen Geruch des Meeres, dessen Wasser im schwachen Mondlicht glitzerte.

«So was Schönes hab ich noch nie gesehen», entfuhr es Stefanie. «Und das soll alles mir gehören?»

«Abwarten und Tee trinken», antwortete Peter und dann, als weit entfernt ein Hund kläffte: «Höchste Zeit zu verschwinden. Wir werden uns ja morgen alles in Ruhe ansehen können.»

Sie stiegen wieder über den Zaun. An der Strandpromenade fanden sie ein Taxi, das sie hinauf nach Taormina brachte und vor dem *Hotel Norma* absetzte. Oben in der Suite zog sich Stefanie als erstes ihr T-Shirt aus und stieg aus ihren Jeans. «Kommst du mit unter die Dusche?» fragte sie Peter lächelnd. «Und seifst mir den Rücken ein?»

Er griff nach seinem Aktenkoffer mit dem Notebook und stellte den kleinen Computer auf die Frisierkommode. «Alles zu seiner Zeit. Wenn ich nicht *online* bin, kann man mich aus München nicht erreichen.» Sie nickte und stieg allein unter die Dusche. Aber es dauerte nicht lange, da spürte sie nicht nur das angenehm warme Wasser auf ihrer Haut, sondern auch seine Hände.

«Die haben hier vielleicht Telefondosen in diesem Hotel», flüsterte er zwischen zwei Küssen. «Die müssen noch aus der Steinzeit sein.» Da hatte Stefanie ihre Augenlider längst gesenkt. Sie fühlte, wie er sie mit ruhigen Bewegungen einseifte, und als seine Hände fester nach ihr griffen, schlang sie ihre Arme um seinen nassen Körper. «Das dürfte niemals aufhören», sagte sie leise, und er verschloß ihr den Mund mit einem Kuß.

Vier

Stefanie war etwas überrascht, daß Notar Bonello seinen Sohn mitbrachte, als er sie und Peter zur Besichtigung des Hotels abholte. Doch schon als er ihnen Francesco vorstellte, wußte sie, weshalb er sich dafür entschieden hatte. Francesco, der im Flughafen arbeitete, sprach gut Deutsch. Peter würde sich mit ihm unterhalten können, obwohl er kein Italienisch sprach.

Seit ihr Liebster nach dem Mittagessen eine *E-Mail* in seinem Computer gefunden hatte, war er viel entspannter als zuvor. Sein Freund, dem er die Dokumente nach München gefaxt hatte, hielt das Grundstück für schuldenfrei, und auch am Testament Piazzolos hatte er nichts zu beanstanden.

«Meine Befürchtungen waren wohl völlig unbegründet», hatte Peter ihr erleichtert erklärt. «Rolf kennt das italienische Recht wie seine Hosentasche.»

Jetzt fuhren sie im geräumigen *Alfa* Bonellos auf der kurvenreichen Straße von Taormina nach Giardini. Francesco saß hinter dem Lenkrad und berichtete stolz von Phöniziern, Persern und Griechen, die abwechselnd über die Insel geherrscht hätten. «Aber unsere Unabhängigkeit und unseren Stolz haben sie uns nie nehmen können. Das werden auch die Italiener nicht schaffen.»

Stefanie hörte ihm aus Höflichkeit zu, denn was er erzählte, hatte sie längst im Reiseführer gelesen.

«Das verstehe ich nicht», sagte Peter. «Sind die Sizilianer etwa keine Italiener?»

Der schwere Wagen hatte die stark befahrene Küstenstraße erreicht, und Francesco mußte sich einen Moment voll auf den Verkehr konzentrieren. «Politisch sind wir eine autonome Region der Republik Italien», sagte er dann. «Aber schon Rom liegt für die meisten von uns fast im Ausland. Der reiche Norden hat nie viel für uns getan, und wir...»

«Basta!» unterbrach ihn sein Vater scharf. «Genug von der Politik!» Er drehte sich auf dem Beifahrersitz zu Stefanie um. «Erwarten Sie bitte nicht zuviel. Das Haus hätte schon vor Jahren von Grund auf renoviert werden müssen. Aber Sie können sich gewiß vorstellen, wie das ist, wenn die Kräfte eines Menschen immer mehr nachlassen.»

«Und ob ich das kann!» erwiderte Stefanie. «Mein Vater ist zwar mit seinen fünfundsiebzig Jahren geistig noch voll auf der Höhe, aber wenn meine Mutter nicht sieben Jahre jünger wäre als er... Ich hätte mich längst um einen Platz in einem Pflegeheim bemühen müssen.»

«Solche Heime brauchen wir leider auch immer mehr», sagte der Notar. «In den Dörfern halten die Familienangehörigen zwar noch auf Gedeih und Verderb zusammen, aber in den Städten... Manchmal denke ich, wir zahlen einen sehr hohen Preis für den sogenannten Fortschritt.»

Ihr Gewissen regte sich plötzlich. Wann habe ich meine Eltern denn zuletzt besucht? Vor einem Vierteljahr oder vor sechs Monaten, zu Vaters Geburtstag? Aber was kann ich dafür, daß ich in München lebe und meine Eltern in Düsseldorf? Ich kann nicht mehr als regelmäßig mit ihnen telefonieren.

Sie hatte sich gerade vorgenommen, ihren Eltern spätestens am nächsten Tag einen Brief oder zumindest eine Ansichtskarte zu schreiben, als Bonellos Wagen anhielt.

«Ecco!» sagte der Notar, als er ihr die Autotür öffnete. «Il *Hotel Italia*! Ich hoffe, Sie sind nicht zu entsetzt über den Zustand dieses Hauses.»

Stefanie blickte zu den blühenden Orangenbäumen, hinter denen sich weit entfernt der Ätna vom blauen Himmel abhob. «Entsetzt?» protestierte sie. «Ganz im Gegenteil! Ich bin fasziniert! Schon die Umgebung hier erscheint mir wie ein Paradies.»

«Hoffentlich eins ohne Schlange», sagte Peter trocken, und Stefanie mußte laut lachen. Ihr Liebster verstand immerhin schon das italienische Wort *paradiso*.

Die Glastür des Hotels hatte sich kaum hinter der kleinen Gruppe geschlossen, als ein schlanker, gutaussehender Mann von vielleicht fünfzig Jahren aus dem Hotelrestaurant kam. Er trug eine schwarze Hose aus Gabardine, aber keine Anzugjacke, sondern über seinem weißen Hemd nur eine enge schwarze Weste. «Salve, Signor Bonello. Come sta?» begrüßte er den Notar.

«Bene, e Lei?» antwortete Bonello, während der Fünfzigjährige Stefanie mit offensichtlicher Neugier betrachtete. Immer diese hungrigen Blicke der Italiener, dachte sie. Sie bereitete sich schon auf eine wortreiche Begrüßung vor, doch der Notar hielt davon wohl ebensowenig wie sie. «Wenn ich Ihnen Mario Tozzi vorstellen darf, Signora Berger! Er ist für den Service im Restaurant zuständig. Wenn wir ihn nicht gehabt hätten... Giovanni hätte das Hotel schließen müssen, als er krank wurde.»

Stefanie gab Mario die Hand. «Salve, Signor Tozzi. Freut mich, Sie kennenzulernen.»

Während Bonellos Sohn den Hotelangestellten und Peter miteinander bekannt machte, sah sie sich in dem kleinen Empfangsraum um. Eine alte braune Rezeptionstheke. An der Wand ein Brett mit Schlüsseln. Zwei Sessel mit verwaschenen Stoffbezügen, neben denen eine schmale steile Treppe ins Obergeschoß führte. Besonders einladend wirkte das nicht gerade auf sie ...

«Signora Berger wird gewiß das Haus besichtigen wollen», sagte Bonello zu Tozzi. Der Angestellte nickte. «Va bene! Am besten, wir beginnen mit dem Restaurant.»

Er öffnete eine Tür, und Stefanie hatte Mühe, ihre Enttäuschung zu verbergen. Fünfzehn rohe Holztische mit jeweils vier Stühlen zwischen Wänden mit verblichenen Tapeten, auf die mit Reißzwecken ein paar billige Kunstdrucke geheftet waren.

«In unserer Küche wird gerade das Buffet für heute abend vorbereitet», sagte Tozzi zögernd. «Aber wenn Sie trotzdem mal hineinsehen möchten ...»

«Selbstverständlich», sagte sie, und als Tozzi die kleine Gruppe in die Küche führte, war Stefanie verblüfft. Drei große Herde und weiße Arbeitsplatten, an denen ein höchstens vierzig Jahre alter Koch und zwei junge Frauen in sauberen weißen Schürzen fieberhaft arbeiteten.

«Signor Fava, unser Küchenchef», sagte Tozzi. «Signora Berger, Giovannis Erbin.»

Der Koch sah kurz zu ihnen herüber, nickte höflich und wandte sich sofort wieder seinen Töpfen zu. Die beiden Frauen starrten Stefanie allerdings so neugierig an, daß es ihr peinlich war.

«Giovanni hat für sein Leben gern gut gegessen», sagte Notar Bonello, als sie die Küche verlassen hatten. «Der Koch hat immer sofort bekommen, was er verlangte.»

Peter wandte sich dem Sohn des Notars zu. «Endlich mal ein Restaurant, das die Küche nicht vor fremden Blicken schützen muß», sagte er. Doch schon als Tozzi sie über die steile Treppe ins erste Obergeschoß führte, fragte Peter verärgert, ob es denn keinen Lift im Hause gebe.

Bonellos Sohn übersetzte, und Tozzi schüttelte bedauernd den Kopf. «Leider nicht. Trotz der guten Beziehungen unseres Chefs hat das die Baubehörde nicht genehmigt. Die Zimmer in der dritten Etage können wir kaum noch jemandem zumuten.»

Die Zimmer in der ersten Etage wohl auch nicht, dachte Stefanie, als der Sizilianer ein Gästezimmer aufgeschlossen hatte und die Besucher hineinließ. Zwei schmale, kurze Betten, ein altmodischer brauner Kleiderschrank, ein kleiner Tisch mit zwei Stühlen. Die Zimmerwände waren mit jenen kleinen roten Flecken übersät, die in vielen Hotels im Süden die Siege von Urlaubern über lästige Stechmücken bewiesen.

«Die sanitären Anlagen hat Signor Piazzolo vor vier Jahren im ganzen Haus erneuern lassen», sagte Notar Bonello zu Stefanie. «Aber als er dann krank wurde... Wir waren froh, das Hotel offen halten zu können, damit Sie die Konzession nicht erneut beantragen müssen.»

Sie sah ihn überrascht an. Damit ich die Konzession nicht neu beantragen muß? dachte sie. Was habe ich mit Konzessionen zu tun? Dann wurde ihr auf einmal wieder bewußt, daß sie hier nicht irgendein Hotel besichtigte, sondern ein Haus, das sie geerbt haben sollte. Ein Haus, das ihr gehören würde, wenn die noch erforderlichen Formalitäten erst einmal erledigt wären. Mein Hotel? Ich weiß nicht. Alles ziemlich schäbig. Plötzlich empfand sie die Luft im Zimmer als abgestanden und muffig. Sie ging über den kalten Steinfußboden zum Fenster, zog die verschlissenen Vorhänge zur Seite, öffnete die Fenster und eine Tür. Als sie den breiten Balkon betrat, überwältigte sie der Ausblick.

Das Meer! So weit sie blicken konnte, nur das Meer, und zwischen dem Strand und dem Hotel nur der Garten, den sie schon bei ihrem nächtlichen Blick über den Zaun bewundert hatte.

Jetzt leuchteten die blühenden großen Kakteen, die Palmen und die violetten Blüten der Bougainvillen in der Abendsonne, und sie konnte es kaum fassen, daß sie das alles geerbt haben sollte.

«Giovanni Piazzolo hat diesen Garten auch über alles geliebt», sagte Notar Bonello, während er neben sie auf den Balkon trat. «Was glauben Sie, wie oft ich mit ihm unten auf der Terrasse ein Glas Wein getrunken habe. Aber so ist das Leben, keiner weiß, wann seine Zeit vorbei sein wird.»

«Vielleicht ist das gut so», sagte Stefanie nachdenklich. «Das macht jede Stunde zu einem großartigen Geschenk.»

«Eine sehr ungewöhnliche Einsicht für eine Frau in Ihrem Alter», sagte Bonello. Das gab ihr den Mut, eine der Fragen auszusprechen, die sie unentwegt beschäftigten.

«Was für ein Mensch war eigentlich dieser Giovanni Piazzolo? Ich weiß so gut wie nichts von ihm. Weshalb vererbt er einer Fremden einen solchen Besitz?»

«Ich spreche mit keinem über die Angelegenheiten von Klienten», sagte Bonello freundlich. «Aber ich kann Ihnen versichern, daß Giovanni ein Ehrenmann war. Er wird für sein Vermächtnis gute Gründe gehabt haben.»

Sie wollte gerade eine weitere Frage stellen, da kam Tozzi zu ihnen auf den Balkon. «Wenn Sie noch die anderen Räume sehen möchten, sollten wir damit nicht länger warten. Ich muß mich noch um das Abendbuffet kümmern.»

«Für heute habe ich genug gesehen», sagte Stefanie und dann, als sie zurück ins Hotelzimmer gingen: «Wo ist eigentlich mein Verlobter?»

Der Notar lachte. «So, wie ich meinen Sohn kenne, warten die beiden unten schon sehnsüchtig darauf, daß endlich das Buffet freigegeben wird.»

Stefanie war noch ins Bad gegangen, um ihr Make-up aufzufrischen, und als sie aus dem Gästezimmer kam, wartete Mario Tozzi im Korridor auf sie.

«Ich denke, Sie müssen sich um das Buffet kümmern», sagte sie ärgerlich. «Glauben Sie, ich finde den Weg nach unten nicht allein?»

«Entschuldigung! Ich dachte nur... Sie kennen unsere Treppen noch nicht. Ihre Schuhe haben ziemlich hohe Absätze.»

«Wieso? Muß man hier etwa dauernd Jesuslatschen tragen?» antwortete sie. Was geht ihn mein Outfit an? – Aber vielleicht will er mich wirklich nur vor einem Sturz bewahren, dachte sie. Doch zur Gewohnheit darf man so was nicht werden lassen.

«Sehr freundlich von Ihnen», sagte sie betont förmlich. «Aber ich kann schon ganz gut allein auf mich aufpassen.»

Sie folgte ihm die enge Treppe hinab ins Restaurant, wo

jetzt eine breite Tür offenstand, durch die er sie auf die Terrasse führte. Und was für eine Terrasse!

Auf dem Fußboden aus alter Terracotta ein Dutzend weiß gedeckte Tische unter Laternen. Dahinter der Garten, dessen Bäume schon beleuchtet waren, obwohl die Sonne gerade erst untergegangen war. An einigen der Tische saßen schon Gäste beim Wein.

Stefanie hielt nach Peter Ausschau. Als sie ihn an einem Tisch am Rand der Terrasse entdeckte, war er so in ein Gespräch mit Bonello und dessen Sohn vertieft, daß er sie nicht einmal bemerkte.

Typisch Peter, dachte sie wütend, wahrscheinlich redet er über die Zahl der Gäste und den Jahresumsatz. Da stand Bonellos Sohn hastig auf und eilte zu ihr. «Haben Sie sich noch etwas im Haus umsehen können?»

«Das weniger», sagte sie. «Ich habe nur meinen Bekannten gesucht. Aber jetzt habe ich ihn ja endlich gefunden.» Sie ging entschlossen zu seinem Tisch. «Störe ich euch, oder darf ich mich dazusetzen?»

Peter stand erschrocken auf. «Ich habe nur Herrn Bonello um einige Auskünfte gebeten. Ich wollte gerade ...»

«Verzeihung», unterbrach ihn Tozzi. «Wenn ich Sie jetzt an einen anderen Tisch bitten dürfte ... Unser Personal sitzt beim Buffet immer zusammen. Als Giovanni noch lebte ... Ich dachte, vielleicht wollen Sie wie er mit uns essen.»

«Aber selbstverständlich», antwortete sie erfreut. Peter, dem Notar und dessen Sohn blieb nichts anderes übrig, als sich mit ihr von Tozzi zu einem größeren Tisch führen zu lassen, auf dem schon Weingläser standen. Stefanie saß kaum, als zwei junge Männer begannen, eine Musikanlage mit zwei großen Lautsprechern aufzubauen.

«Sagen Sie bloß? Wird hier etwa während des Abendessens getanzt?» fragte sie erstaunt.

«Während des Essens nicht», sagte Tozzi. «Aber danach. Und jetzt entschuldigen Sie mich bitte. Ich muß mich um die Gäste kümmern.» Er zögerte. «Wenn ich Ihnen schon etwas zu trinken bringen darf ... Ich kann Ihnen unseren *Orvieto* sehr empfehlen. Obwohl... unser *Soave* ist auch nicht zu verachten.»

«Für mich bitte einen *Frascati*», sagte Peter.

Stefanie entschied sich wie die Bonellos für den *Orvieto* und sah Tozzi nach, als er durch die breite Tür ins Restaurant eilte. Seine Sicherheit und Schnelligkeit beeindruckten sie immer mehr.

Das lange, weiß gedeckte Buffet am Rande der Terrasse schien sich schon jetzt unter dem Gewicht der kulinarischen Genüsse Siziliens zu biegen, doch der Koch und die beiden jungen Frauen aus der Küche schafften unentwegt weitere Speisen heran.

Nach und nach kamen immer mehr Gäste auf die Terrasse. Plötzlich stand der junge Bonello auf. «Na endlich. Unser Diskjockey. Jetzt kann es nicht mehr lange dauern.» Er eilte einem jungen Mann entgegen, der in einem weißen Smoking auf die Terrasse kam. Peter beugte sich zu Stefanie herüber.

«Vierundzwanzig Gäste! Die meisten haben Halbpension gebucht. Mittagessen bietet das Hotel nicht an. Und dafür dieser Aufwand! Das kann sich doch überhaupt nicht rechnen.»

«Wahrscheinlich ist der Wein nicht ganz billig. Der ist selten in der Vollpension inbegriffen!» Stefanie wunderte sich selbst über ihre Antwort. Denke ich etwa schon wie ein

Hotelier? Ich habe doch keine Ahnung von diesem Beruf, dachte sie gerade, da umarmte Bonellos Sohn den jungen Mann im Smoking, der zur Musikanlage eilte. Er legte die erste CD ein, und aus den Lautsprechern klang eine Melodie, die Stefanie fast erstarren ließ. *Toto Cutugnos* verführerische Stimme! Seine *Serenata*, die sie oft in Rom gehört hatte, wenn sie in Marcellos Armen lag. Auch in der Nacht vor ihrer Abreise nach Deutschland.

«Irgendwas nicht in Ordnung, Liebste?» fragte Peter besorgt. Sie überlegte noch, was sie antworten sollte, da ging Mario Tozzi zur Tonanlage. Der Diskjockey drückte ihm ein Mikrophon in die Hand, und es war plötzlich still auf der Terrasse.

«Guten Abend, liebe Gäste», begann Tozzi. «Ich freue mich, daß ich Sie heute nicht nur zu unserem üblichen Samstagsbuffet begrüßen kann. Einigen unter Ihnen ist gewiß bekannt, daß Signor Piazzolo leider vor einem halben Jahr verstorben ist. Heute weilt zum ersten Mal die neue Eigentümerin unseres Hauses unter uns ...» Er kam mit dem Mikrophon in der Hand zu Stefanie. «Frau Berger, wenn ich Sie bitten dürfte, das Buffet freizugeben.»

Stefanie fühlte alle Blicke auf sich gerichtet und merkte, daß sie rot wurde. Dann fühlte sie endlich Peters Hand an ihrem Arm. «Komm, Liebste. Wir wollen die Gäste nicht länger warten lassen.» Wie in Hypnose stand sie langsam auf. Er führte sie zum Buffet, drückte ihr einen Teller in die Hand, und sie hörte die Gäste applaudieren. Verwirrt blickte sie über die Antipasti-Platten und die Schüsseln mit Salaten. Als sie den Koch und seine beiden Gehilfinnen hinter dem Buffet sah, fühlte sie sich wie in Trance. Eigentümerin? Ich bin hier die Eigentümerin?

«Die eingelegten Tomaten ißt du doch besonders gern», sagte Peter. Sie griff wie mechanisch nach der Gabel neben der Platte mit den *pomodori secchi*, und als sie eine kleine Portion auf ihren Teller gelegt hatte, rannten sämtliche Gäste zum Buffet und nahmen sich Teller, auf die sie so viel Antipasti und Spaghetti, Braten, Pasteten und Tortellini, Oliven und Salate schaufelten, als würden sie danach nie wieder etwas zu essen bekommen.

Es dauerte nicht lange, bis die meisten Platten und Schüsseln auf dem Buffet leer waren. Inzwischen stand der Mond hoch am Himmel. Der Garten mit den beleuchteten Palmen, Pinien und Zypressen wirkte noch malerischer. Die Laternen auf der Terrasse erhellten die Tische nur noch mit einem gedämpften Licht.

Einige Gäste hatten sich zwar sofort nach dem Essen zurückgezogen, doch die meisten saßen noch immer beim Wein. Mario Tozzi schaffte eine Flasche nach der anderen heran.

«Schmeckt Ihnen etwa unser Essen nicht?» hatte er Stefanie gefragt, als er sich – wie der Koch und die Küchenhilfen – eine kurze Pause gestattet hatte und hastig eine Portion Pasta aß.

«Keine Sorge. Ich esse für mein Leben gern italienisch.»

«Sagen Sie lieber sizilianisch», hatte Notar Bonello korrigiert. Nach wie vor saß er neben seinem Sohn mit am Tisch. Während des Abends hatte er nur drei Glas Wein getrunken.

Seit einiger Zeit klang aus den Lautsprechern italienische Pop-Musik. Einige Paare, ältere Leute meist, standen auf und gingen zu einer kleinen Tanzfläche. «Ein zauberhafter

Abend für diese Jahreszeit», sagte Notar Bonello. «Ich hoffe, der Frühling bleibt so schön.» Sein Sohn übersetzte, und Peter nickte. «Wir werden leider nicht mehr viel davon haben. Wir müssen in etwa einer Woche zurück nach München.»

Stefanie erschrak. München? Sie hatte das Gefühl, die Reise hätte gerade erst begonnen. Und zurück in die Kälte? Seit der Ankunft in Catania hatte sie keinen Augenblick an den Schnee, ihre Wohnung oder gar an die Werbeagentur gedacht.

«Schon in einer Woche?» fragte Bonello überrascht. «Ich halte das nahezu für unmöglich. Sie kennen unsere Bürokratie nicht! Ich muß die *Successione* vom Gericht bestätigen lassen. Ohne den Erbschein kann das Grundstück nicht umgeschrieben werden. Selbst wenn ich Freunde bitte, alles zu beschleunigen ... Sechs bis acht Wochen dauert so etwas bei uns mindestens.»

Stefanie erklärte Peter die Situation, und sein Gesicht wurde immer länger. «Und deshalb sollst du länger hierbleiben? Das glaube ich nicht.»

Frau Berger sei leider Ausländerin, erklärte der Notar. Falls deshalb Probleme aufträten, wäre es gut, wenn sie persönlich bei Gericht erscheinen könnte. «Aber ich will Ihrer Entscheidung keinesfalls vorgreifen. Es ist ohnehin erforderlich, daß Sie mich nochmals in meiner Kanzlei aufsuchen. Ich brauche in jedem Falle noch einige Vollmachten mit Ihrer Unterschrift.»

«Wir werden uns das in den nächsten Tagen überlegen», sagte Peter verärgert zum Sohn des Notars. «Bitte erklären Sie das Ihrem Vater.» Dann blickte er Stefanie an: «Komm, ich möchte endlich mal mit dir tanzen.»

Muß das ausgerechnet jetzt sein, dachte sie, doch als sie sein Gesicht sah, stand sie auf.

«Das stimmt alles vorn und hinten nicht», flüsterte er, als er seinen Arm um sie gelegt hatte und tanzend vom Tisch wegführte. «Wir haben bisher keinen Augenblick unter vier Augen miteinander reden können. Wozu hat er seinen Sohn mitgebracht?»

«Wahrscheinlich, damit du auch einen Gesprächspartner hast. Du sprichst nun einmal kein Italienisch. Er wollte wohl, daß du mit jemandem reden kannst.»

«Sehr nett von ihm», sagte Peter bissig. «Aber mir genügt, was ich sehe! Abgesehen davon, daß das Hotel eine Bruchbude ist, zu der nicht mal ein Pool gehört ... Es muß seit Jahren mit Verlusten arbeiten. Und zwar mit ziemlich erheblichen.»

Sie bemerkte, daß der Notar in ihre Richtung blickte, und zwang sich zu lächeln. «Und weshalb hat es der bisherige Eigentümer dann nicht längst geschlossen?»

«Für so was kann es viele Gründe geben», knurrte Peter. «Ich kann mir nicht helfen. Für mich riecht das alles nach Geldwäsche. Und nach dem Tod dieses Piazzolo brauchen sie eine Dumme, mit der das weiter so laufen kann.»

Stefanie merkte, daß ihre Knie weich wurden. Geldwäsche? Die wollen mich in kriminelle Handlungen hineinziehen? Und Notar Bonello, dessen guten Ruf Peter noch vor vierzehn Tagen bestätigt hatte, soll dabei mitwirken? – Ausgeschlossen!

Sie tanzten noch immer, und sie schob ihren Mund dicht an Peters Ohr. «Du weißt, wie sehr ich deine Meinung schätze, aber das glaube ich nicht.»

«Dann werde ich es dir beweisen müssen», flüsterte er.

«Sobald wir wieder zu Hause sind, kümmere ich mich darum.»

Das Musikstück endete, und er führte Stefanie zurück zum Tisch. «Eine zauberhafte Nacht», sagte sie zu Bonello. «Doch es wird langsam Zeit, daß wir uns verabschieden.»

«Kann ich gut verstehen», sagte der Notar. «Ich werde noch ein Glas Wein trinken. Sie haben ja meine Telefonnummer. Wenn Sie wirklich schon abreisen müssen... Sie wissen ja, ich brauche noch einige Unterschriften von Ihnen. – Und jetzt wird Sie mein Sohn gern nach Taormina zurückbringen.»

«Das ist nicht nötig», sagte Stefanie. «Wir machen noch einen kleinen Spaziergang am Meer entlang, und danach nehmen wir uns ein Taxi. – Wenn Sie nichts dagegen haben... Ich würde mir mit Herrn Scholz sehr gern mal die Buchhaltung des Hotels ansehen.» Sie achtete auf Bonellos Reaktion, doch er nickte nur. «Aber gewiß! Wenden Sie sich an Signor Tozzi. Er hat das Haus in den letzten Monaten praktisch allein geführt. Er wird Ihnen sämtliche Unterlagen vorlegen.»

«Sehr freundlich», antwortete sie und war plötzlich selbst verblüfft, als sie sich weiterreden hörte: «Ich glaube, es wird am besten sein, wenn ich hier einziehe. Könnten Sie für uns ein Zimmer vorbereiten lassen?»

«Selbstverständlich», sagte Bonello. «Ich werde Herrn Tozzi bitten, sich morgen früh gleich darum zu kümmern.»

Nachdem sie das Hotel verlassen hatten, berichtete Stefanie, was sie mit Bonello vereinbart hatte. Peter sah sie entsetzt an. «Ich höre wohl nicht recht! Du willst, daß wir in diese Bruchbude umziehen? Also nicht mit mir!»

Sie gingen langsam die enge Gasse entlang, am *Hotel Metropol* vorbei, und erreichten dann wieder die belebte Straße am Meer. In den Strandlokalen genossen andere beim Wein die Frühlingsnacht. Auf den Motorrollern, die von Zeit zu Zeit an ihnen vorbeiknatterten, klammerten sich junge Frauen an den Fahrer, als wollten sie ihn nie wieder loslassen.

«Du kannst ja im *Hotel Norma* bleiben, wenn dir die Suite dort so gut gefällt», sagte sie. «Aber wenn ich jetzt wirklich die Eigentümerin des *Hotel Italia* bin... Ich möchte Klarheit über die Zustände dort gewinnen.»

Er blieb stehen. «Klarheit? Hör auf! Ich bin mir ja nicht mal mehr über dich im klaren! Den ganzen Abend hab ich mich wie ein Idiot gefühlt. Ich wäre besser ins Stubaital gefahren.»

«Dann flieg doch hin, und verbringe den Rest deines Urlaubs dort!» schrie sie. «Meinst du, ich werde dich daran hindern?»

«Wohl kaum!» sagte er ruhig. «Schon wie du mit den Italienern umgehst... Als ob du nie was anderes gemacht hättest. Du redest und redest, und ich? Ich sitze wie ein dummer Junge neben dir und versteh kein einziges Wort. Wenn ich es nicht besser wüßte, heute hätte ich dich glatt für eine Italienerin gehalten.»

«Quatsch!» sagte sie verärgert. «Ich habe lediglich ein Jahr in Rom studiert. Wenn du Englisch sprichst, verstehe ich auch das meiste nicht.»

Das schien ihn friedlicher zu stimmen, denn er legte seinen Arm um sie. «Du hast recht», sagte er versöhnlich. «Wir müssen mehr über dieses Hotel erfahren! Aber daß wir deswegen unbedingt umziehen sollen...»

Sie sah ihn unsicher an. «Wieso nicht? Ich kann mit dem Personal reden und du... Du siehst dir die Buchführung an. Daraus müßte doch zu ersehen sein, was dort los ist.»

«Sofern die Buchführung nicht von A bis Z frisiert ist! Versprich dir nicht zuviel davon.»

Sie gingen noch immer an der Bucht entlang. Das Meer hinter der niedrigen Mauer kam ihr auf einmal dunkel und bedrohlich vor, und als sie ein unerwartet kalter Windstoß frösteln ließ, drängte sie sich noch enger an Peter. Dann fanden sie endlich ein Taxi, das sie zurück nach Taormina brachte. Als sie ihre geräumige Suite betraten, in der das Zimmermädchen schon die Bettdecke aufgeschlagen hatte, ärgerte sie sich über Peters Mißtrauen.

«Von wegen Geldwäsche», sagte sie, während sie die Jacke ihres blauen Kostüms in den Schrank hängte. «Das hast du doch hoffentlich nicht ernst gemeint?»

«Das war keine Meinung, Liebste, sondern lediglich eine Vermutung. Und zwar eine höchst wahrscheinliche. Wir sollten bei allem die Tatsachen nicht aus den Augen verlieren!» Er setzte sich an seinen Notebook-Computer, tippte auf die Tasten und redete weiter, während er auf den Bildschirm blickte. «Woher hat dieser Sizilianer überhaupt gewußt, daß es dich gibt? Woher kannte er deinen Namen und die Namen deiner Eltern? Es muß da irgendwelche Verbindungen geben. Bevor du die nicht kennst, kannst du nicht vorsichtig genug...» Er brach ab und räusperte sich, bevor er weiterredete: «Alle Achtung! Das hätte ich wirklich nicht erwartet.»

Sie sah ihn überrascht an. «Was hast du nicht erwartet?»

Er drehte sich langsam zu ihr um. «Mein Freund in München hat sich nach dem Wert deines Hotels erkundigt.

Im Hinblick auf das Restaurant und die Lage am Strand zwischen zweihundertfünfzig- und dreihundertfünfzigtausend Euro!»

Stefanie sah ihn ungläubig an: «Sag das noch mal! Mehr als eine halbe Million Mark?»

Peter nickte. «Eine Menge Geld. Am besten du wartest, bis dir das Hotel überschrieben ist. Danach wird es so schnell wie möglich verkauft, und wir legen das Geld vernünftig an. Wenn du mich fragst... Ich würde zu Aktien raten.»

«Immer einen Schritt nach dem anderen», sagte sie ruhig. Sie zog sich hastig aus und ging dann ins Badezimmer. Diesmal ließ sie sich sehr viel Zeit, um sich abzuschminken und zu duschen. Wie sie gehofft hatte, schlief Peter längst, als sie unter die dünne Bettdecke schlüpfte. Sie hörte seine ruhigen Atemzüge, doch sie war viel zu aufgeregt, um einschlafen zu können.

Eine halbe Million, dachte sie. Keiner in unserer Familie hat jemals so viel Geld besessen. Doch dann meldete sich ihr schlechtes Gewissen. Peter ist ziemlich unzufrieden. Liegt das etwa an mir? Er hat sich um meine Angelegenheiten gekümmert, als wären es die seinigen. Er hat Auskünfte von der Bank und seinen Freunden für mich eingeholt. Er hat meinetwegen auf den Skiurlaub verzichtet, um mit nach Sizilien fliegen zu können. Jetzt soll er meinetwegen auch noch aus der Suite in mein bescheidenes Hotel umziehen und auf den Swimmingpool verzichten. Wenn das kein Egoismus ist, was dann?

Sie schmiegte sich eng an Peter. Es dauerte nicht lange, da tastete er nach ihr, und sie umschlang ihn. Er liebt mich doch, dachte sie. Und es ist auch sein Urlaub. Ich muß dafür sorgen, daß er mehr davon hat.

Stefanie wußte seit ihrer Zeit in Rom, daß die Italiener dem Frühstück keine sonderlich große Bedeutung zubilligen. Auch im *Hotel Norma* hatte es bisher lediglich aus Weißbrot, Wurst und Käse, hartgekochten Eiern sowie Orangen- und Grapefruitsaft bestanden. Doch als sie am Sonntagmorgen in den Speisesaal kamen, war das Buffet nicht nur reichhaltiger, sondern, wie die Tische, mit großen Blumensträußen geschmückt.

Gebäck, Kuchen und Torten leisteten dem Brot und den *Cornetti* Gesellschaft. In großen Körben lagen Orangen, Bananen und frische Feigen. Sogar Rührei mit Schinken wurde angeboten – offenbar für die englischen und amerikanischen Hotelgäste, deren Stimmen sie am Sonntag erstmalig im Hotel hörten.

«Schon wieder ein Buffet», stöhnte Peter. «Wenn das so weitergeht, hab ich nach diesem Urlaub fünf Kilo Übergewicht.»

«Keine Sorge», sagte Stefanie. «Ein guter Hahn wird nicht fett.» Sie hatte sich zwar vorgenommen, zum Frühstück nur Obst zu essen, aber als ihr der Geruch des frischen Weißbrots in die Nase stieg, legte sie zwei Scheiben zu den Orangen und Feigen auf ihren Teller.

Als sie das Buffet verließen, sah Stefanie, daß an den meisten Tischen schon Gäste saßen. Ein junges Paar erschien Stefanie besonders sympathisch. Sie gingen mit ihren Tellern zu diesem Tisch. «Stört es Sie, wenn wir uns zu Ihnen setzen?»

«Aber überhaupt nicht», sagte die junge Frau, während sie ihren Fotoapparat von einem der Stühle nahm.

Stefanie und Peter saßen kaum, da eilte auch schon ein Kellner an ihren Tisch. «Möchten Sie Kaffee oder Tee?»

«Für mich einen *Caffè latte*», bestellte Peter. Stefanie nickte. «Für mich dasselbe.»

«Ein wunderbares Wetter, was?» sagte der junge Mann zu Peter. «Hier unten in Taormina kann man sich am Pool sonnen, und oben auf dem Ätna vergnügen sich die Skiläufer auf der Piste.»

Peter fiel fast sein Rührei von der Gabel: «Das ist doch wohl nicht Ihr Ernst? – Man kann hier Ski laufen?»

«Um diese Jahreszeit meistens noch. Die Sizilianer haben an einigen Hängen regelrechte Skipisten angelegt. Übers Wochenende kommen manche sogar aus Rom, um hier Ski zu laufen. Aber was uns betrifft...» Er sah seine Begleiterin verliebt an. «Wir aalen uns jetzt lieber wieder am Pool. Winter haben wir zu Hause noch lange genug.»

Als sich das junge Paar verabschiedete, sah Peter den beiden fassungslos nach. «Am Ätna Ski laufen, das wär mal was. Wenn ich das gewußt hätte... Ich hätte glatt meine Ausrüstung mitgebracht.»

«Na und?» sagte Stefanie. «Kann man sich so was nicht leihen?»

Peter war plötzlich so aufgeregt, daß er es nicht einmal bemerkte, als der Kellner ihren *Caffè latte* an den Tisch brachte.

«In den meisten Ski-Orten schon. Aber ob man hier darauf vorbereitet ist... Ich glaube kaum.»

«Dann werden wir uns danach erkundigen. Ich wollte sowieso vorschlagen, daß wir uns ein Auto mieten. Wenn wir schon mal hier sind... Meinst du, ich will den ganzen Urlaub am Pool liegen? Bisher haben wir kaum etwas von Sizilien gesehen. Ich möchte unbedingt noch nach Palermo und Agrigent. Das müssen hochinteressante Städte sein.»

Er sah sie unsicher an. «Und dein Hotel? Du wolltest doch, daß wir dorthin umziehen.»

«Das Hotel läuft uns nicht weg», sagte sie und dann zögernd: «Aber wenn ich jetzt die Eigentümerin bin, könnte man dort eigentlich etwas für uns tun. Dieser Tozzi kann uns bestimmt einen Mietwagen besorgen, und wo du eine Skiausrüstung bekommst, müßte er auch wissen.»

Peter sah sie zweifelnd an: «Glaubst du das wirklich?»

Sie nickte. «In Rom läuft auch das meiste über persönliche Beziehungen. Sogar in einer Trattoria bezahlst du viel weniger als ein Tourist, wenn man dich länger kennt.»

Den Hinweis auf Rom hätte ich mir wirklich sparen können, dachte sie. Aber die Vorstellung, auf den Hängen eines Vulkans Ski laufen zu können, erschien Peter offenbar so verlockend, daß sie sogar seine Eifersucht verdrängte. «Am besten, wir fahren nach dem Frühstück sofort zu deinem Hotel. Also wenn das wirklich möglich wäre ... Das glaubt mir zu Hause kein Mensch.»

Stefanie lächelte. «Vielleicht hast du Glück. Aber wir sollten auf alle Fälle unsere Badesachen mitnehmen. Dann können wir uns in die Sonne legen, bis wir den Mietwagen bekommen.»

Wie an den vergangenen Tagen leuchtete der Himmel in strahlendem Blau. Als das Taxi an der Bucht von Giardini-Naxos entlangfuhr, sah Stefanie das Meer in der Sonne glitzern. Auf dem breiten hellen Sandstrand am Lido waren die Sonnenschirme geöffnet. Sie waren ordentlich in langen Reihen aufgestellt. Es sah aus, als hätte ein Vermessungstechniker ihren Standort mit seinen Geräten millimetergenau ermittelt.

Aber nur die älteren Feriengäste lagen oder saßen auf den Liegestühlen, um zu lesen oder einfach vor sich hin zu dösen. Die jüngeren liefen am Strand entlang, warfen sich Bälle oder Frisbyscheiben zu oder spielten Federball. Stefanie sah nur einen einzigen Schwimmer, der sich ins Meer getraut hatte. Für die anderen war das Wasser wohl noch viel zu kalt.

«Mensch, wenn das wirklich klappt», sagte Peter. «Am Ätna Ski laufen. Das würde ich mein Leben lang nicht vergessen.»

Stefanie lächelte. Manchmal mußte man wirklich annehmen, für Männer wären der Sport und ihre Hobbies wichtiger als jede Frau. «Du wirst schon eine Skiausrüstung bekommen», sagte sie. «Wenn alle Stricke reißen, müssen wir sie dir per Luftfracht einfliegen lassen.»

«Brächtest du glatt fertig, was?» sagte er grinsend.

Sie nickte. «Und ob! Als reiche Hotelerbin kann ich meinem Liebsten jeden Wunsch erfüllen.» Er wollte ihr gerade antworten, da hielt das Taxi vor dem *Hotel Italia.*

Mario Tozzi stand hinter der Rezeption. Er schob zwei Männern Anmeldekarten über die Theke. «Il Suo passaporto», sagte er zu ihnen. Dann, als er Stefanie und Peter sah: «Un momento per favore.» Er eilte zu ihnen und begrüßte sie. «Ist das Ihr ganzes Gepäck?» fragte er mit einem erstaunten Blick auf ihre Badetaschen.

Stefanie nickte. «Unsere Koffer holen wir später. Können Sie uns heute noch einen Mietwagen besorgen?»

«Kein Problem!» Er zögerte. «Sie könnten natürlich auch den Lieferwagen des Hotels benutzen.»

«Ein offener Wagen wäre uns schon lieber», sagte Stefanie. «Wir haben gehört, daß man auf dem Ätna Ski laufen kann. Wissen Sie zufällig, wo man sich eine Ausrüstung leihen kann?»

«Keine Ahnung. Aber warten Sie... Der Sohn von Notar Bonello war schon oft dort oben. Der wird Ihnen weiterhelfen können.»

Stefanie hatte diese Auskunft kaum für Peter übersetzt, da redete Tozzi schon weiter: «Doch jetzt möchte ich Ihnen erst mal Ihre Zimmer zeigen. Ich hoffe, es ist Ihnen recht. Wir haben die Wohnung von Signor Piazzolo für Sie vorbereitet.»

Stefanie sah, daß die beiden Männer an der Rezeption wütend zu ihr herüberblickten. «Scusi», rief ihnen Tozzi zu. «Ich bin gleich wieder bei Ihnen!»

Er führte Stefanie und Peter zu einer Tür neben dem Restaurant. Als er sie aufgeschlossen hatte, traten sie in einen kleinen Flur, von dem aus man in einen großen Wohnraum und ein Schlafzimmer blicken konnte. Auch hier bestand der Fußboden aus alter Terracotta, aber auf ihm lagen Teppiche, deren satte Farben im grellen Licht der Sonne leuchteten wie matt geschliffene Halbedelsteine.

Beide Räume waren sparsam eingerichtet. Das dunkle braune Mobiliar schien Jahrhunderte überdauert zu haben. In beiden Räumen hingen alte Ölgemälde an den Wänden.

Tozzi blickte Stefanie unsicher an: «Signor Piazzolo hat diese Möbel und die Bilder sehr geliebt. Sie stammen fast alle noch aus dem Besitz seiner Familie. Aber wenn Sie wollen... Ich kann auch eines unserer Gästezimmer für Sie vorbereiten lassen.»

«Nicht nötig», sagte Stefanie. «Es wäre sehr freundlich, wenn Sie sich um den Mietwagen und die Skiausrüstung kümmern könnten. Und abgesehen davon, draußen warten noch Leute auf Sie!»

Tozzi nickte und wandte sich Peter zu: «Follow me, please!»

«Certainly», antwortete Peter überrascht. Stefanie mußte lächeln. Offensichtlich konnte sich jeder in der Tourismusbranche auf englisch verständigen – sofern er das wollte.

Als die beiden Männer die Wohnung verlassen hatten, schob Stefanie sofort die Gardinen zur Seite. Sie entdeckte eine schmale Glastür, öffnete sie, und die Düfte der Pflanzen nahmen ihr fast den Atem. Minze, Basilikum, Salbei und Thymian wetteiferten mit blühendem Jasmin, Mimosen und Geranien.

Zwei lange hohe Hecken, in deren Grün Hibiskusblüten und Oleander glühten, schirmten drei breite Liegen, drei Stühle und einen Tisch vor fremden Blicken ab. Ein schmaler Pfad führte direkt zum Ufer, hinter dem sich das Meer an schwarzen Lavafelsen brach. Stefanie setzte sich ans Ufer und hatte plötzlich das Gefühl zu träumen.

Das soll alles mir gehören? Einer Frau, die als Künstlerin versagt hatte und jetzt froh war, ihren Lebensunterhalt als Werbegrafikerin verdienen zu können? Viel zu schön, um wahr zu sein! Dann erinnerte sie sich plötzlich wieder an ihren letzten Abend in Rom. ‹Du wirst zu mir zurückkommen, bella bionda. Jeder, der einmal in Italien glücklich war, kommt wieder zurück.›

Ach, Marcello, dachte sie. Wahrscheinlich ist er längst mit einer anderen verheiratet und hat zwei Kinder.

«In zwei Stunden bekommen wir einen Geländewagen», riß sie Peters Stimme aus ihren Gedanken. «Und morgen früh holt mich Francesco Bonello zum Skilaufen auf dem

Ätna ab. Die Ausrüstung für mich bringt er gleich mit. Ein Freund von ihm hat etwa meine Figur. Großartig, was?»

«Freut mich für dich!» sagte Stefanie leise. «Dann werde ich mich morgen in die Sonne legen und sehnsüchtig auf dich warten.»

«Hier unten oder drüben in Taormina?» fragte er. «Wenn du willst, hole ich unsere Sachen noch heute in dein Hotel.»

«Wir können ja einen Koffer noch drüben im *Norma* lassen», schlug sie vor. «Dann können wir dort nach wie vor an den Pool.»

Fünf

Wie an den vergangenen Tagen hatte Peter das Bett schon eine Stunde vor Sonnenaufgang verlassen. Stefanie lag noch schlaftrunken im breiten Bett der Eigentümerwohnung und legte ihren Kopf auf das Kissen, das noch immer nach ihm roch. Er hatte sich liebevoll von ihr verabschiedet. Sie schmeckte noch seinen zärtlichen Kuß auf ihren Lippen.

Sie wußte, daß er auch heute vermutlich erst lange nach Einbruch der Dunkelheit im Geländewagen müde und rundum zufrieden ins Hotel zurückkommen würde, aber sie nahm ihm das nicht übel.

Er beklagte sich zwar jedesmal über die mangelnde Qualität der Ausrüstung, die ihm Bonellos Sohn besorgt hatte, doch wenn er begeistert von seinen Erlebnissen während des Tages erzählte, leuchteten seine Augen wie die eines kleinen Jungen, der endlich sein erstes Fahrrad geschenkt bekommen hat.

«Die Piste ist zwar völlig verharscht, weil seit drei Wochen kein Schnee mehr gefallen ist, aber dieser Vulkan ist unvergleichlich», hatte er nach der ersten Tour mit Francesco Bonello begeistert berichtet. «Zuerst fährt man zwischen Pinienwäldern und Olivenhainen, durch uralte Städte und Dörfer, an Weinbergen und Zitrusplantagen vorbei, und du fühlst dich wie in einem blühenden Garten. Dann plötzlich – nur noch niedriges Gebüsch, erstarrte Lava und danach, oberhalb der Baumgrenze, eine weiße

Mondlandschaft um riesige Krater, aus denen ständig schwarzer Rauch strömt ... Du mußt unbedingt mal mitfahren.»

«Das hebe ich mir lieber für den Sommer auf», hatte sie lachend geantwortet. «Aber fall mir bloß nicht in einen Krater. Ich liebe dich nämlich, falls du das vergessen haben solltest.»

«Keine Sorge!» hatte er sie beruhigt. «Seit vor zwanzig Jahren dort oben neun Touristen ums Leben gekommen sind, passen sie höllisch auf. Ohne Bergführer kommst du nicht mehr an die Krater ran.»

«Dann brauche ich mir ja keine Sorgen um dich zu machen», hatte sie geantwortet und die Tage auf ihre Weise genutzt.

Auch heute schlief sie nach Peters Aufbruch wieder ein. Sie wachte erst in Schweiß gebadet auf, als helles Sonnenlicht durch die dünne weiße Gardine ins Schlafzimmer fiel. In ihrem Alptraum war wieder der Computer abgestürzt. Die Arbeit von vierzehn Tagen war verloren, und RDW hatte ihr die Entlassungspapiere ausgehändigt.

Sie blieb noch einen Moment liegen, richtete sich dann auf und verließ das Bett, um zuerst die Tür zum Garten weit zu öffnen. Sie atmete tief den kräftigen Duft der Pinien, Blumen und Kräuter ein, lauschte dem leisen Plätschern des Meeres und ging dann ins Badezimmer. Sie duschte in aller Ruhe und zog sich ihre Jeans und ein weißes T-Shirt an. Wieder ein Tag, den ich auf dieser blühenden Insel genießen kann, dachte sie, während sie nach einem ihrer Reiseführer griff. Heute werde ich mir endlich das *Griechische Theater* in Taormina ansehen.

Als sie ins Restaurant kam, dessen Tische jetzt immer weiß gedeckt waren, saßen dort bereits sechs Gäste beim Frühstück. Stefanie setzte sich zu einem Paar, das erst am Vortag angekommen war.

Caterina, eine der beiden jungen Angestellten, die Stefanie bei der Hotelbesichtigung so mißtrauisch beäugt hatte, kam sofort an ihren Tisch. Seit ihr Stefanie gesagt hatte, daß sie nicht das geringste gegen lockere Kleidung hätte, wurden die Röcke der jungen, langhaarigen Italienerin von Tag zu Tag kürzer. «Buon giorno! Kaffee oder Tee?»

«Einen Milchkaffee, bitte!» bestellte Stefanie. Sie hatte beide Serviererinnen und Tozzi darum gebeten, mit ihr vor Gästen möglichst nicht Italienisch zu sprechen, damit sie, zumindest von Neuankömmlingen, auch für einen Hotelgast gehalten wurde. Nur so konnte sie herausfinden, wie die Gäste das Hotel beurteilten. Was ihnen gefiel und was nicht.

«Na? Haben Sie in Ihrer ersten Urlaubsnacht gut geschlafen?» fragte sie das Paar an ihrem Tisch. «Für meinen Geschmack liegt dieses Hotel ja doch ziemlich am Ende der Welt.»

«Wie man es sieht», sagte der Mann. «Am Lido ist zwar viel mehr los, aber dafür hat man hier wenigstens seine Ruhe.»

Stefanie nickte. «Das sehe ich auch so. Nur die Zimmer lassen einiges zu wünschen übrig. Oder gefallen Ihnen etwa die spartanischen Betten und der alte Schrank?»

«Bestimmt nicht», stimmte ihr die Frau zu. «Aber man kann nicht alles haben. Am Essen ist nichts auszusetzen, und der Preis stimmt hier noch. Das *Metropol* kann unsereiner nicht bezahlen. Dort leisten wir uns höchstens mal einen Kaffee auf der Terrasse.»

«So ist das wohl leider auf dieser Welt», antwortete Stefanie. «Man bekommt nirgends mehr, als man bezahlen kann.»

«Da haben Sie verdammt recht», sagte der Mann. «Wo sind Sie denn zu Hause?»

«In München. Aber leider muß ich schon in wenigen Tagen zurück.»

Caterina brachte Stefanie den Milchkaffee. Als sie sah, daß keine zusätzlichen Gäste ins Restaurant gekommen waren, lief sie zurück in die Küche. Stefanie wußte, daß sie von dort aus in ein Gästezimmer eilen würde, um Betten zu machen, den Fußboden zu wischen und das Badezimmer in Ordnung zu bringen. Inzwischen bewunderte sie, wie gut das Personal den Hotelbetrieb im Griff hatte.

Das Frühstück wurde schon am Abend vorbereitet. Morgens kümmerte sich abwechselnd eine der beiden jungen Frauen um die Zimmer, wobei ihr die andere half, wenn sie im Restaurant gerade nicht gebraucht wurde. Gegen zehn Uhr verließen die beiden meistens das Hotel. Sie kamen erst nach der Siesta zurück, um in der Küche zu helfen und das Abendessen zu servieren.

Stefanie hatte inzwischen erfahren, daß Emanuele Fava, der Koch, morgens nur die Lebensmittel vom Markt ins Hotel brachte. Danach verschwand er und kam erst am Nachmittag wieder, um mit der Vorbereitung des Abendessens zu beginnen. In der Zwischenzeit arbeitete er in einem anderen Hotel, dessen Gäste auch mittags dort essen konnten.

Mario Tozzi kümmerte sich um die Rezeption, den Wein beim Abendessen und danach um die Bar. Und seit einem halben Jahr hatte er auch noch die Geschäftsführung übernommen. Sie begann diesen Mann zu bewundern. Er hatte seine Augen scheinbar überall gleichzeitig. Er tauchte auf, wo immer er gebraucht wurde, und sie war nicht überrascht, als er mit seiner schwarzen Weste über dem weißen Hemd ins Restaurant kam, wo mittlerweile fünf Gäste mehr an den Tischen saßen. Er nickte Stefanie kurz zu, fragte die Gäste nach ihren Wünschen und servierte ihnen wenig später Kaffee oder Tee.

«Und wie wollen Sie diesen wunderbaren Tag nutzen, Signora Berger?» fragte er, als ihn Stefanie zur Rezeption begleitete.

«Ich werde mir heute endlich das Griechische Theater ansehen. Sagen Sie, der Schnee auf dem Ätna taut doch hoffentlich bald? Ich weiß kaum noch, wie mein Verlobter aussieht.»

Tozzi lachte. «Dort oben Ski zu laufen wird nicht mehr lange möglich sein. – Wollen Sie wirklich schon nächste Woche abreisen?»

«Nur für ein paar Tage! Danach komme ich noch mal her. Ich habe noch eine Menge mit Signor Bonello zu erledigen.»

«Kein Problem», sagte Tozzi. «Die Wohnung des Eigentümers wird sowieso nie an Gäste vergeben.»

Mario Tozzi begleitete Stefanie durch den Empfangsraum und öffnete ihr gerade die Glastür, als der Lieferwagen vor dem Hotel hielt. Emanuele Fava, der Koch, stieg aus und kam mit hochrotem Kopf die Stufen heruntergeeilt. Er redete erregt so schnell in sizilianischem Dialekt auf Tozzi ein, daß Stefanie kein Wort verstand.

Tozzi bemühte sich, ihn zu beruhigen, doch der Koch

schimpfte weiter und wandte sich schließlich an Stefanie. «Sie sind doch hier die Eigentümerin!» sagte er und zwang sich dazu, langsam und in normalem Italienisch zu sprechen. «Ich muß Ihnen leider sagen, daß die Gäste heute kein Abendessen bekommen.»

«Und weshalb nicht?» fragte Stefanie erschreckt.

«Weil ich auf dem Markt keine Ware mehr kriege. Unsere Schecks werden von der Bank nicht mehr eingelöst. Dio mio! So was ist mir noch nie passiert.»

«Das muß ein Mißverständnis sein», sagte Tozzi. «Ich werde sofort mit der Bank telefonieren.»

«Telefonieren Sie, soviel Sie wollen», schimpfte der Koch. «Davon werden unsere Gäste nicht satt!»

Stefanie sah abwechselnd von einem der Männer zum anderen. Das kommt davon, daß Peter lieber Ski fährt, als sich die Bücher des Hotels anzusehen, dachte sie.

«Haben Sie denn kein Bargeld in der Kasse?» fragte sie Tozzi. Er schüttelte bedauernd den Kopf. «Nicht mehr als fünfzigtausend Lire. Ich mußte gestern Caterina und Gabriella ihren Lohn auszahlen. Sonst wären sie heute nicht zur Arbeit gekommen.»

«Sehr schön!» sagte sie verärgert. «Und Sie hielten es nicht für nötig, mir auch nur ein Wort davon zu sagen?»

«Sie wollten sich doch die Bücher ansehen», antwortete Tozzi. «Wir erwarten jeden Tag Geld von einem Reisebüro. Ich wollte Sie damit nicht unnötig behelligen.»

Die entspannte Urlaubsstimmung, die Stefanie vom ersten Moment an auf der Insel empfunden hatte, war wie weggeblasen. Aber sie durfte jetzt nicht die Nerven verlieren.

«Sagen Sie mir, was Sie für das Abendessen brauchen»,

sagte sie zu Fava. «Ich fahre sofort zur Bank und besorge Ihnen Geld.» Dann sah sie Tozzi an: «Und Sie bringen bitte unsere Buchführung auf den neuesten Stand. Wenn sich mein Bekannter heute abend nicht darum kümmert, werde ich Signor Bonello darum bitten.»

«Eine Million Lire brauche ich mindestens», sagte der Koch. «Dann könnte ich noch im Supermarkt einkaufen. Aber das müßte spätestens in zwei Stunden erledigt sein. Danach muß ich ins *Metropol.* Von dem Geld, das ich hier verdiene, kann ich meine Familie leider nicht ernähren.»

Stefanie nickte. «Dann fahren Sie mich bitte zu einer Bank, wo ich Euroschecks einlösen kann. Die Leute müssen ihr Essen bekommen.»

«Am besten, Sie besorgen gleich zwei Millionen Lire mehr», sagte Fava, als sie zu ihm ins Auto stieg. «Mein Gehalt für diesen Monat ist seit drei Tagen auch fällig.»

Er ließ den Motor an und fuhr langsam durch die enge Gasse zur Küstenstraße, wo er plötzlich Gas gab, als ginge es darum, ein Menschenleben zu retten.

Die junge Bankangestellte rief zwar ihren Abteilungsleiter zur Hilfe, als Stefanie gleich zehn Euroschecks auf einmal einlösen wollte, doch nachdem er ihren Reisepaß und die Scheckkarte gründlich geprüft hatte, ließ er ihr das Geld auszahlen.

Fast so viel, wie ich im Monat verdiene. Bin ich verrückt, so viel Geld für ein Hotel auszugeben, das mir noch nicht einmal überschrieben ist?

Aber sie hatte es nun einmal versprochen. Sie steckte das Bündel Geldscheine in die Handtasche, ging zurück zum Lieferwagen. Emanuele Fava fuhr mit rasender Geschwindigkeit zu einem Supermarkt, griff sich dort einen großen Einkaufswagen und drängte in den Gängen Touristen zur Seite, die für ihren Urlaub offenbar ein Apartment gemietet hatten, wo sie sich selbst verpflegen konnten. Als sie sah, wie der Koch einkaufte, gingen ihr die Augen über. Zuerst fünfzehn Pakete *Cannelloni*, mit Rindfleisch und Käse gefüllte Teigrollen. Dann fünf riesige Packungen *Tortellini*, Nudeln mit einer Füllung aus Hackfleisch und Gemüse, die offensichtlich so schnell verdarben, daß sie im Supermarkt in einer Tiefkühltruhe aufbewahrt wurden. Sechs Gläser getrocknete Tomaten in Olivenöl und sechs große Gläser Artischocken packte er auch noch in den Einkaufswagen.

«Das ist nur für die *primo piatto*», erklärte er kurz, während er zwei große Flaschen Olivenöl in den Einkaufswagen legte.

«Das Fleisch holen wir am besten anderswo. Hier sind die Preise sowieso viel zu hoch. Aber wenn ich auf dem Markt nichts mehr bekomme... Eine Schande! Das ist mir im Leben noch nicht passiert.»

«Es wird auch nie wieder passieren. Das verspreche ich Ihnen. Wenn mir Signor Tozzi gesagt hätte, daß er Schwierigkeiten mit der Bank hat...»

«Al diavolo!» entfuhr es dem Sizilianer. «Seit Giovanni tot ist, spielt Mario sich auf, als gehörte das Hotel ihm. Wenn ich Signor Piazzolo nicht im Krankenhaus versprochen hätte, das Hotel nicht im Stich zu lassen, wäre ich längst über alle Berge. Ein guter Koch kann überall sein Geld verdienen.»

Sie half dem Koch, die Ware auf das Band an der Kasse zu legen, und als sie die Preise sah, die eine alte Frau in die

Kasse tippte, hielt sie die Luft an. Mehr als hundertachtzigtausend Lire, allein für den ersten Gang.

«Brauchen Sie das alles für ein Abendessen?» fragte sie erschrocken.

«Für ein paar Tage wird es schon reichen», sagte Fava. «Aber wenn ich hier weniger kaufe, wird es noch teurer.»

«Und was wollen Sie als Hauptgericht kochen? Wir können doch nicht nur Pasta servieren.»

«Ich habe noch Hechte in der Kühlung, die reichen vielleicht für zwanzig kleine Portionen. Am besten wäre es, wir würden sicherheitshalber noch fünf Kilo Kalbfleisch besorgen. Was ich heute nicht brauche, friere ich ein.»

«Dann machen Sie es doch am besten so», sagte Stefanie kleinlaut. Auf ein paar Geldscheine mehr oder weniger kam es ihr jetzt wirklich nicht mehr an.

«Wie Sie wollen, Signora», sagte er. «Aber wenn ich Ihnen einen Rat geben darf ... Sie sollten das Hotel sehr schnell verkaufen. Ein Betrieb in dieser Größe läßt sich kaum noch über Wasser halten.»

«Und wie hat das Signor Piazzolo geschafft?» fragte sie. «Der hat doch sein Geld bestimmt nicht aus dem Fenster geworfen.»

«Giovanni war ein Träumer», antwortete Fava, während er die Lebensmittel im Lieferwagen verstaute. «Und er besaß riesige Ländereien.»

Fava setzte sich wieder hinter das Lenkrad, und als er zu einer *Macelleria* fuhr, die das Kalbfleisch angeblich besonders günstig verkaufte, gab er Stefanie auf ihre Fragen nur noch nichtssagende Antworten. Sie hatte den Eindruck, er bereue schon, daß er sich überhaupt ihr gegenüber zu Tozzi und Piazzolo geäußert hatte. Verärgert blieb sie im Auto, als er vor einer Metzgerei hielt. Es dauerte nicht lange, da kam er mit einem großen Plastikbeutel aus dem Geschäft, warf ihn ins Auto und drückte ihr das restliche Geld sowie zwei Quittungen in die Hand.

«Geben Sie die Quittungen bitte Signor Tozzi. Ich möchte nicht, daß man mir nachsagt, ich hätte das Hotel betrogen.»

«Haben Sie das immer so gemacht?» fragte Stefanie, als er den Motor anließ. Der Sizilianer nickte. «Über jede Lira habe ich mit ihm abgerechnet. Wenn er Ihnen etwas anderes gesagt hat, ist er ein verdammter Lügner.»

Emanuele Fava hatte zwar auf der Rückfahrt gefragt, ob er sie noch nach Taormina bringen und vor dem Griechischen Theater absetzen sollte, doch sie hatte nur den Kopf geschüttelt. «Nein, ich möchte wieder zum Hotel zurück.»

Jetzt lag sie dort im Bikini mit einem Krimi auf einer Liege im Garten, aber es war ihr unmöglich, sich auf ihr Buch zu konzentrieren. Wenn die Schecks eines Unternehmens nicht eingelöst werden, stimmt dort etwas nicht, dachte sie. Aber was?

Sie wußte inzwischen, daß das Hotel über sechsunddreißig Zimmer verfügte. Die zwölf auf der obersten Etage wurden wegen der steilen Treppe selten belegt. Blieben vierundzwanzig Doppelzimmer, in denen achtundvierzig Gäste untergebracht werden konnten. Inzwischen waren fünfzehn Zimmer vergeben. Das Hotel war mehr als zur Hälfte belegt. Und das schon zur Vorsaison, dachte sie. Vielleicht hat Tozzi recht. Ein Reiseveranstalter wird die Rechnung nicht bezahlt haben. Aber läßt dann die Bank gleich die Schecks platzen?

Sie roch den Duft des Jasmins, der direkt neben ihr blühte, verließ ihre Liege und ging durch den Garten. Am Strand lachte gerade eine junge Frau im Badeanzug laut, als ihr vielleicht dreißig Jahre alter Freund in einer engen Badehose schnaufend und mit beiden Händen seinen Oberkörper reibend aus dem Meer stieg. «Dann versuche es doch selber mal», rief er ihr zornig zu. «Das Wasser ist so kalt, daß es nicht einmal ein Eskimo darin aushalten würde.»

Er sah Stefanie provozierend an: «Oder hab ich etwa unrecht? Sie sind doch hier die Chefin. Oder etwa nicht?»

Stefanie zwang sich zu lächeln. «Scheint so», sagte sie. «Aber auf die Wassertemperatur habe ich leider keinen Einfluß. Um diese Jahreszeit baden hier nur manche Norweger im Meer. Trotzdem ist für Sizilien der Frühling die beste Reisezeit.»

Sie ging zurück zu ihrer Liege und hatte gerade ihr Buch aufgeschlagen, als Peter in einem leichten Shirt und seinen Jeans in den Garten kam, in der Hand ein Flanellhemd und den dicken Pullover, die ihm Francesco geliehen hatte.

«Ich sehe wohl nicht recht!» begrüßte sie ihn giftig. «Schon so früh heute? Ist der Ätna eingestürzt oder treiben dich deine Hormone plötzlich in meine Nähe?»

«Der Schnee schmilzt auf der Piste», sagte er. Sie sah ihn verächtlich an. «Du Armer! Aber tröste dich, mein Bankkonto schmilzt auch. Spendierst du mir eine Cola? Ich kann sie nämlich nicht mehr bezahlen. Meine Euroschecks sind alle weg.»

«Wieso? Hat man dich bestohlen? Keine Sorge! Wenn du die Schecks und die Scheckkarte getrennt aufbewahrt hast, bist du versichert.»

Jetzt hätte sie ihn am liebsten erwürgt. «O nein!» fauchte sie. «Ich mußte dem Hotel lediglich viertausend Mark geben, damit du und die anderen Gäste heute abend ihr Essen bekommt! Aber du bist natürlich nie da, wenn man dich dringend braucht! Wer hat mir denn versprochen, sich die Buchhaltung hier anzusehen?» schrie sie so laut, daß ein Mann, der zehn Meter weit entfernt unter einem Sonnenschirm saß, besorgt zu ihnen herüberblickte. «Aber dir ist das Skilaufen natürlich wichtiger! Und ich sitze hier unten und weiß nicht ein und aus. Die Schecks des Hotels werden nicht mehr angenommen. Wenn du mich fragst... Du wärst wirklich besser ins Stubaital gefahren!»

Peter sah sie gelassen an: «Nun komm mal wieder auf den Teppich! Zugegeben, es hat mich gereizt, am Ätna Ski zu laufen. Aber einmal hätte mir durchaus genügt. Die letzten Tage bin ich nur noch hochgefahren, um mit Bonellos Sohn reden zu können. Francesco fährt zwar miserabel Ski, aber was er mir über deinen Wohltäter erzählt hat... Glaub mir, dir wird Hören und Sehen vergehen. Aber jetzt laß uns erst einmal etwas essen gehen. Mein Magen hängt mir fast schon zwischen den Knien.»

Sie hatten sich für ein Restaurant am Lido entschieden, wo das Essen auf der Terrasse serviert wurde, die nur durch eine Glaswand vom Strand abgeteilt war. Alle Fenster standen weit offen. Ein angenehm warmer Wind wehte vom Meer her, das sich nur in kleinen Wellen kräuselte.

Stefanie und Peter saßen an einem weiß gedeckten Tisch direkt am Fenster. Beide hatten sich aus dem reichhaltigen Angebot in der Antipasti-Vitrine bedient. Jetzt genossen sie ein *Aragosta fra Diavolo*, und der in Tomaten, Olivenöl und

Wein gebackene Hummer schmeckte beiden vorzüglich. Peter griff nach der Karaffe mit Landwein, den ihnen der Kellner empfohlen hatte, und füllte erneut beide Gläser.

Stefanie trank einen Schluck. «Was hat dir Bonellos Sohn denn für wichtige Geheimnisse anvertraut? Ich sterbe allmählich vor Neugier.»

Er lächelte, aß sein letztes Stück Hummer und griff dann genüßlich nach seinem Glas. «Du bist nicht die einzige Erbin Giovanni Piazzolos. Seine Witwe und sein Sohn schäumen vor Wut, daß er dir das Hotel vermacht hat!»

Stefanie erschrak. Sie hatte ein Gefühl, als ob sich ihr Magen zusammenkrampfte. «Was? Er hatte noch Familienangehörige? Weshalb soll ich dann das Hotel bekommen?»

Peter sah sie nachdenklich an. «Keine Ahnung! Antonia und Pietro haben zwar einen Rechtsanwalt eingeschaltet, aber der hat ihnen geraten, nichts zu unternehmen. Der alte Piazzolo hat sehr gut vorgesorgt. Seine Witwe und sein Sohn erben seine Olivenhaine und Zitrusplantagen. Wenn sie mit dir einen Rechtsstreit anfangen, bekommen sie nur ihren Pflichtteil. Bonello kann gegen sie klagen, sofern sie auch nur das geringste gegen dich unternehmen.»

Stefanie trank wieder einen Schluck Wein, aber er schmeckte ihr plötzlich sauer. «Und weshalb hat er ihnen nicht auch das Hotel vererbt?»

«Keine Ahnung! Francesco vermutet, daß Giovanni Ehrenschulden bei deiner Familie begleichen wollte, bevor er starb.»

Peter beugte sich über den Tisch und griff nach Stefanies Hand. «Du mußt unbedingt mit deinen Eltern sprechen, sobald wir wieder zu Hause sind. Wissen sie überhaupt, daß du nach Sizilien geflogen bist?»

«Ich habe ihnen nur gesagt, daß ich für knapp drei Wochen verreise», antwortete sie kleinlaut. «Sie waren damals gegen mein Studium in Rom, und wenn ich ihnen erzählt hätte, daß ich wieder nach Italien fahre… Ich wollte nicht, daß sich die alten Leute unnötig aufregen.»

Peter nickte. «Kann ich verstehen! Aber du wirst trotzdem mit ihnen reden müssen. Es muß einen Grund für diese Erbschaft geben. Solange du den nicht kennst, kommst du nicht zur Ruhe.»

«Und die geplatzten Schecks?» fragte Stefanie. «Weshalb löst die Bank die Schecks des Hotels nicht mehr ein?»

«Immer ein Schritt nach dem anderen, ja?» sagte er. «Ich werde mir noch heute die Buchführung ansehen. Danach spreche ich mit der Bank.»

«Wäre es nicht besser, uns an Notar Bonello zu wenden? Der hat sich doch bisher um alles gekümmert.»

«Gekümmert?» fragte Peter. «Er hat lediglich als Nachlaßverwalter Tozzi mit der Geschäftsführung beauftragt. Wenn ich dir einen guten Rat geben darf… Verkauf das Ding so schnell wie möglich, sobald du darüber verfügen kannst.»

«Ich möchte trotzdem Bonello informieren», sagte sie. «Ich stecke doch mein Geld nicht in ein Unternehmen, das mir bisher nicht einmal gehört!»

«Immer mit der Ruhe», sagte Peter. «Der Notar ist für eine Woche nach Rom geflogen. Bevor ich die Buchführung gesehen und mit der Bank gesprochen habe, unternehmen wir gar nichts. Du kannst völlig unbesorgt sein! Das Vermächtnis ist absolut wasserdicht. Es besteht nicht der geringste Grund, die Nerven zu verlieren! Glaube mir, ich bin schon mit anderen Sachen fertig geworden.»

Als sie das Restaurant verließen, wäre Stefanie am liebsten sofort zurück zum Hotel gefahren. Peter lachte sie aus. «Jetzt? Mitten in der Siesta? – Komm, wir essen noch ein Eis!»

Er legte seinen Arm um sie, schlenderte mit ihr an den Boutiquen und Andenkenläden vorbei, und als er sie vor einer Cafeteria auf der Promenade zu einem Tisch unter blühenden Oleanderbäumen führte, fühlte sie sich wieder geborgen.

«Jetzt werde ich dich mal überraschen», sagte er lachend, als die Serviererin nach ihren Wünschen fragte. «Due granite al limone, per favore», bestellte er.

Die Serviererin nickte, brachte zwei Glasbecher an den Tisch, und als Stefanie skeptisch das halbgefrorene Wassereis unter der süßen Sahnehaube kostete, schmeckte es vorzüglich.

«Großartig, nicht wahr?» sagte Peter. «Eine der Spezialitäten Siziliens. Francesco meint, wer das einmal genossen hat, will kein anderes Eis mehr. Es gibt Granitas mit Erdbeer-, Limonen- und Kaffeegeschmack. Und jede ist auf andere Weise köstlich.»

«Dann werde ich alle probieren», sagte sie begeistert. «Bei Wassereis mache ich mir keinerlei Sorgen um meine Figur.»

In der Cafeteria war es ihr gelungen, Peter zu überreden, den Wagen auf dem Parkplatz stehenzulassen und mit ihr am Meer entlang zurück zum Hotel zu laufen. Jetzt, zur Zeit der Siesta, waren die meisten Liegestühle leer. Auf der anderen Seite der Bucht sah sie Taormina und Castelmola unter vereinzelten Zirruswolken, die langsam über den blauen Himmel zogen, der sich im Meer zu spiegeln schien. Scharf wie mit einem Messer geschnitten, hoben sich die Konturen der Gebirgskette von diesem Himmel ab, senkten sich zum Meer, in dem kleine Boote vor Anker lagen.

Auch auf der Strandpromenade blühte der Oleander, und an der Mole, vor der grüne und rote Fischerboote auf dem breiten Sandstrand lagen, bedauerte sie, daß sie ihre Kamera nicht mitgenommen hatte.

«Wir haben noch viel zu wenig von Sizilien gesehen», sagte sie. «Die restlichen Tage müssen wir unbedingt noch für Ausflüge nutzen. Alle schwärmen von Siracusa, Ragusa und Palermo, und wir...»

«Die anderen haben auch kein Hotel geerbt! Immer schön eins nach dem anderen. Erst die Arbeit, dann das Vergnügen. Für mich haben geschäftliche Angelegenheiten immer Vorrang. Wenn du das als Mann vergißt, bist du verloren.»

«Und als Frau?» fragte sie spöttisch. «Als Frau braucht man nur attraktiv zu sein, was?»

«Es ist auf alle Fälle kein Nachteil», sagte er grinsend. «Was meinst du, wie viele meiner Kollegen ins Sonnenstudio gehen. Unser Filialleiter hat sich sogar seine Tränensäcke in einer Klinik straffen lassen. Aber ob er deswegen schneller befördert wird... Ich hab da einige Zweifel.»

Sie gingen langsam weiter am Meer entlang, bogen in die enge Gasse neben dem *Metropol* ab, und an der Tür ihres Hotels stürzte ihnen Mario Tozzi entgegen. «Glauben Sie mir bitte», sagte er aufgeregt zu Stefanie. «Das ist mir entsetzlich peinlich.» Dann wandte er sich Peter zu und sprach in seinem gebrochenen Englisch. «Ich verstehe unsere Bank nicht. So etwas ist uns noch nie passiert.»

«Alles passiert irgendwann zum ersten Mal», antwortete Peter trocken. «Aber jetzt möchte ich mir endlich Ihre Bücher ansehen.»

«Certainly!» sagte Tozzi bedrückt. Er bat beide, ihm hinter die Theke zu folgen, wo eine schmale Tür in ein winziges Büro führte. In drei hohen Regalen aus Holz standen Aktenordner. Auf einem kleinen braunen Holztisch lag ein Stapel verstaubter Zettel.

«Unsere Kontoauszüge des letzten halben Jahres», erklärte Tozzi. «Einen Monat vor seinem Tod hat Signor Piazzolo noch zwanzig Millionen Lire überwiesen, damit wir sicher über den Winter kommen. Wenn unsere Kunden pünktlich bezahlt hätten, wäre überhaupt nichts passiert.»

Peter setzte sich an den Tisch. «Dann holen Sie sich bitte einen Stuhl. Sie können mir alles in Ruhe erklären», sagte er zu Tozzi und danach zu Stefanie: «Und du genießt am besten den Nachmittag im Garten. Oder hast du Ahnung von Buchführung?»

«Nicht die Spur», mußte sie zugeben. «Aber dafür habe ich ja dich. Gib mir bitte die Autoschlüssel. Dann kann ich wenigstens den Wagen vom Parkplatz holen.»

Der Nachmittag verging so langsam, als hätte eine böse Hexe die Zeiger auf Stefanies Armbanduhr mit Leim bestrichen. Sie ging langsam die Küstenstraße am Meer entlang, überquerte sie erst an der Hafenmole, wo sich auf der anderen Straßenseite kleine Läden befanden. Vor einem Maklerbüro, in dessen Schaufenster Häuser und Eigentumswohnungen angeboten wurden, blieb sie stehen und war überrascht. Schon für Häuser, die viel kleiner waren als ihr Hotel, wurden vielfach zweihundertfünfzigtausend

Euro gefordert, und diese Häuser lagen nicht einmal direkt am Strand.

Es wird nicht lange dauern, bis auch ein Foto meines Hotels im Schaufenster eines solchen Maklerbüros angeboten wird, dachte sie, aber was bleibt mir anderes übrig? Ein reicher Sizilianer wie Giovanni Piazzolo hat es sich offenbar leisten können, ein Hotel zu betreiben, das Verlust erwirtschaftet. Mir fehlt für solch eine Liebhaberei leider das Geld.

Sie erreichte die Cafeteria, wo sie nach dem Mittagessen ihre erste *Granita* getrunken hatte, und suchte in den Taschen ihrer Jeans nach Geld. Sie fand noch zwanzigtausend Lire und setzte sich an einen der Tische. Sie hatte gerade eine *Granita di caffè* bestellt, da kam ein Italiener an ihren Tisch und fragte, ob er sich zu ihr setzen dürfe. Er sah nicht übel aus in seinem weißen Hemd, das sich über seinen muskulösen Oberkörper spannte, doch sie verscheuchte ihn mit dem Satz, mit dem sie sich auch in Rom die meisten aufdringlichen Männer vom Halse gehalten hatte.

«Ho un appuntamento!» – Ich habe eine Verabredung, begleitet von einem desinteressierten Blick, das wirkte auch diesmal. Der Mann zog sich sofort zurück. Sie sah den kleinen festen Hintern in seiner engen schwarzen Hose und erschrak, als sie sich plötzlich an Marcellos drahtigen Körper erinnerte und ihn mit der großen, stämmigen Figur Peters verglich. Nicht einmal ein Paar Schuhe hatte er sich in Taormina kaufen können, weil er hier keine in Größe sechsundvierzig gefunden hatte.

Es dauerte nicht lange, bis die Serviererin ihre *Granita* an den Tisch brachte. Die süße Sahne vermischte sich auf ihrer Zunge mit dem starken Aroma des Kaffees, und sie empfand auf einmal eine Sehnsucht nach Marcello, die ihr fast die Tränen in die Augen trieb. Ich hätte damals nicht zurück nach Deutschland gehen dürfen, dachte sie. Aber was für andere Möglichkeiten hätte es denn für mich gegeben? Hätte ich warten sollen, bis er sein Studium abgeschlossen hatte? Und mit einem Maler leben, der froh ist, wenn er abends im grellen Licht einer Karbidlampe Urlauber aus Amerika portraitieren kann, die ein paar Dollars für ein Souvenir übrig haben?

Nein. Ein solches Hungerleben wäre nichts für mich. Aber jetzt... Wenn ich wirklich eine halbe Million für das Hotel bekomme ... Ich sollte nach Rom fliegen und ihn dort suchen. Vielleicht sitzt er noch immer mit dem Zeichenblock am Trevibrunnen, und wenn er noch nicht verheiratet ist... Für eine kleine Kunstgalerie oder ein Antiquitätengeschäft wird mein Geld wahrscheinlich reichen.

Sie bestellte sich eine zweite *Granita*, diesmal mit Erdbeergeschmack, und beobachtete noch eine Weile Urlauber, die auf der Promenade spazierengingen, auf den Sonnenuntergang wartend. Verliebte junge Paare. Alte Ehepaare, bei denen die Partner im Laufe von Jahrzehnten einander immer ähnlicher geworden waren. Schwule Paare, die den Abend genossen, als gäbe es kein Morgen.

Aber war nicht letztlich auch die leidenschaftlichste Liebe dazu verurteilt, entweder in einer schmerzlichen Trennung zu enden oder aber sich allmählich in jenes gelassene Vertrauen zu verwandeln, in dem sich zwei Menschen noch aneinander wärmen können, wenn sie älter geworden sind?

Sie bezahlte ihre *Granite*, saß noch eine Zeitlang auf der kleinen Mauer am Strand und ging dann zum Parkplatz.

Hinter dem Scheibenwischer des Geländewagens hing inzwischen ein Strafzettel, den sie achtlos wegwarf. Dann fuhr sie langsam zum Hotel zurück.

«Wo bleibst du denn so lange?» begrüßte Peter sie an der Rezeption. «Ich wollte gerade ein Taxi bestellen und dich suchen.»

«Du brauchst dir keine Sorgen um mich zu machen», sagte sie. «Ich habe lediglich zwei *Granite* und den Sonnenuntergang genossen. Und du? – Ist das Hotel wirklich so überschuldet, daß die Bank keine Schecks mehr akzeptieren kann?»

Peter zögerte, bevor er antwortete. «Na ja... den Kreditrahmen hat Tozzi um ein paar tausend Euro überzogen. Aber insgesamt... Sofern mein erster Eindruck richtig ist... Drei Reiseveranstalter haben die Rechnungen nicht bezahlt. Tozzi wollte die Gäste trotzdem nicht einfach auf die Straße setzen. Der Mann hat Charakter.»

«Und was sollen wir jetzt unternehmen?»

«Erst einmal überhaupt nichts. Ich werde morgen mit der Bank reden. Dann sehen wir weiter. Es ist nur leider so, daß ich mich weder im Hotelgewerbe auskenne noch in der italienischen Buchführung. Ich habe zwar den Eindruck, daß Tozzi den Betrieb ordentlich geführt hat, aber das besagt nicht viel. Ich verstehe nichts von dieser Branche. Bevor wir das Haus verkaufen... Ich bin dafür, daß wir einen Hotelsachverständigen zu Rate ziehen.»

«Aber nicht, bevor es mir gehört. Vorher stecke ich kein Geld mehr in dieses Haus.»

«Kann ich sehr gut verstehen», sagte Peter. «Wir müssen ja sowieso am Mittwoch zurück. Du nimmst dir neuen Urlaub und wickelst hier mit dem Notar die Grundbuchumschreibung ab. Sobald das passiert ist, kümmere ich mich um einen Sachverständigen, und wir suchen einen Käufer. Wir werden einen Makler damit beauftragen. Das kostet zwar ein bißchen Geld, aber diese Leute kennen den Markt meist am besten.» Er strich ihr beruhigend über den Arm. «Du brauchst dir keine Sorgen zu machen. Überschuldet ist das Hotel nicht. Aber der Eigentümer hat regelmäßig Verluste ausgleichen müssen. Eine Art Abschreibungsmodell, verstehst du?»

«Wenn ich dich nicht hätte», sagte sie leise. «Ich wüßte überhaupt nicht, was ich ohne dich machen würde.»

«Nun hör aber mal auf!» protestierte er. «Solche Sachen sind schließlich mein Job.»

Sie nickte spöttisch. «Okay, okay. Dann kannst du es meinetwegen als Honorar betrachten, wenn ich dich nach dem Abendessen in eine Disko einlade! Wir waren hier noch nicht ein einziges Mal tanzen! Manchmal denk ich, diese Erbschaft hat uns den ganzen Urlaub versaut.»

Sie gingen ins Restaurant, wo Caterina sofort zu ihnen eilte, als sie sich an einen der weiß gedeckten Tische setzten. «Heute gibt es *cannelloni*. Danach entweder *vitello arrosto* oder *luccio alla marinara*», sagte die Serviererin und bemühte sich, die Mahlzeiten auf deutsch zu erklären: «Braten von kleinem Ochsen und Fisch in Sauce mit molto vino.»

Peter wählte den Kalbsbraten. Stefanie entschied sich für den Hecht. Tozzi brachte ihnen dazu einen trockenen *Pinot grigio*, und sie griff sofort nach ihrem Glas. «Hoffentlich schmeckt dir der Kalbsbraten heute besonders gut», sagte sie nachdenklich. «Ich hab das Fleisch dafür mit meinen letzten Euroschecks bezahlt.»

Obwohl die Temperaturen am Tage bereits immer häufiger über zwanzig Grad lagen, waren die Nächte noch immer kühl. Über der Tanzfläche im Garten der Diskothek *Emporium* flackerten zwar schon bunte Lampen, aber wie die meisten anderen Gäste hatten auch Stefanie und Peter die große Halle des Lokals vorgezogen. Dort herrschte ein Gedränge wie im Stadion während des Endspiels um die italienische Fußballmeisterschaft.

Als sie ins Lokal kamen, waren sämtliche Tische schon besetzt gewesen. Der Kellner hatte ihnen die Bar empfohlen, an der die Gäste in zwei Reihen standen, doch ein größerer Geldschein ließ ihn seine Meinung ändern.

Jetzt saßen die beiden mit zwei anderen Paaren an einem Tisch am Fenster mit Blick aufs Meer. Es wirkte im Mondlicht wie mit Silber übergossen, aber Stefanie genoß den Anblick der anderen Gäste weit mehr. Viele telefonierten mit ihren Handys, obwohl die laute Musik jede Unterhaltung unmöglich machen mußte.

Da waren junge Italienerinnen in hautengen Hosen aus Leder oder Satin und Tops, die ihre Brüste kaum verhüllten und bei manchen den mit einem Ring geschmückten Bauchnabel sämtlichen Blicken aussetzten. Frauen mit einer üppigen Haarpracht, deren Frisur das Ergebnis von stundenlanger Arbeit sein mußte.

Doch die Männer waren nicht weniger bemüht, sich so vorteilhaft wie nur möglich darzustellen. Schwarze, dunkelblaue und graue Anzüge. Schneeweiße oder schwarze Oberhemden, deren Knöpfe bei manchen so weit offenstanden, daß eine Münze zu sehen war, die auf der gebräunten Haut an einer dünnen goldenen Kette schimmerte. Die Schuhe der meisten wirkten wie neu.

Bella figura, dachte Stefanie, die schon in Rom das Bestreben der Italiener kennengelernt hatte, für ihr Erscheinungsbild so viel Sorgfalt wie nur möglich aufzuwenden.

Peter wirkte in seinem dunkelblauen Blazer, seiner grauen Hose und der Krawatte über dem weißblau gestreiften Oberhemd wie ein Fremdkörper, doch auch Stefanie fühlte sich in ihrer Satinhose nicht besonders wohl. Sie hatte ihre Ballerinas dazu angezogen, während die meisten anderen Frauen Schuhe mit hohen Absätzen trugen.

Wie gewöhnlich hatte Peter einen Whisky bestellt. Sie nippte an einem Campari Orange. «Wollen wir nicht endlich auch mal tanzen?» brüllte sie ihm ins Ohr.

Er blickte sie entsetzt an. «In dieser Hölle?» schrie er zurück. «Aber wenn du willst... Für dich mach ich alles.» Er stand auf, bahnte ihnen mit seinem großen, kräftigen Körper nahezu mühelos den Weg zur überfüllten Tanzfläche, auf der er wenigstens so viel Raum erobern konnte, um sich dort etwas zu bewegen.

Stefanie ging auch in München gelegentlich mit ihm in die P1. Sie hatte ihn bislang für einen guten Tänzer gehalten. Jetzt, wo sie seine Bewegungen mit jenen der feingliedrigen Italiener verglich, kam er ihr plötzlich so ungeschickt vor wie ein behäbiger Bär, den die schnellen, harten Rhythmen des Pop-Rock aus den Lautsprechern überforderten.

Dann wurde das Licht gedämpfter. Der Diskjockey legte sanfte Schmusemusik auf. Bereits Al Banos & Romina Powers *Ci Cara* trieb Männer und Frauen einander in die Arme, und während Salvos *Sogno Romantico* aus den Lautsprechern triefte, umklammerten sie sich, als wollten sie sich nie wieder loslassen.

Auch Peter hatte Stefanie fest an sich gezogen. Sie legte ihren Kopf an seine Brust und hatte gerade die Augen geschlossen, da stießen sie mit einem anderen Paar hart zusammen.

«Ich glaube, wir tanzen besser zu Hause bei Champagner aus Tozzis Bar», sagte Peter. Sie gingen zurück an ihren Tisch, wo Stefanie sofort ihre Handtasche vermißte. Vielleicht ist sie nur heruntergefallen, dachte sie und bückte sich, um die Tasche unter dem Tisch zu suchen, da hörte sie eine angenehme Männerstimme.

«Scusi! Gehört das etwa Ihnen?» Sie richtete sich auf, sah das Gesicht des Mannes, der ihr lächelnd ihre Tasche hinhielt, und sie erschrak. Es war jener Italiener, der sich am Nachmittag in der Cafeteria zu ihr setzen wollte und den sie abgewiesen hatte.

«Si, signore», stammelte sie mit Mühe und dann, nachdem er ihr die Tasche zurückgegeben hatte: «Grazie mille.»

«Vielen Dank», sagte Peter. «Das war sehr freundlich von Ihnen.» Er legte seinen Arm um sie. Sie hatten den Ausgang schon fast erreicht, da fühlte sie sich plötzlich veranlaßt, sich umzudrehen. Der Italiener mußte ihnen gefolgt sein. Sie sah wieder seine Augen, die ihr traurig vorkamen und gleichzeitig verlangend, fordernd. Sie mußte noch an diese Augen denken, während Peter den Geländewagen zurück zum Hotel lenkte, wo er sofort in die Kellerbar eilte, um den Champagner zu besorgen.

Sie ging in die Eigentümerwohnung, zog als erstes die Satinhose und ihre verschwitzte Bluse aus. Dann öffnete sie im Badezimmer ihre Handtasche und fand eine Visitenkarte. *Roberto Gori*, las sie, gedruckt über einer Adresse und Telefonnummer in Messina. Und darunter, in kräftiger

Handschrift: *Bitte rufen Sie mich an. Ich muß Sie unbedingt sprechen. Roberto.*

Sie wollte die Karte gerade zerreißen, da hörte sie Peter in die Wohnung kommen und legte sie gedankenlos in ihre Handtasche zurück. Es dauerte nicht lange, bis sie sich abgeschminkt und geduscht hatte. Als sie, das Badetuch um die Hüften geschlungen, ins Schlafzimmer kam, hatte Peter schon die beiden Wachskerzen auf den altmodischen Nachttischen angezündet. Auf der geschnitzten braunen Truhe standen ein Sektkühler mit einer Flasche Champagner und zwei Gläser.

Sie setzte sich auf einen der beiden kleinen Sessel und beobachtete ihn. Er zog sich bis auf seine Boxershorts aus, strich den Blazer und seine Hose sorgfältig auf dem Kleiderbügel glatt und hängte sie in den großen braunen Kleiderschrank.

«Ich will nur noch kurz unter die Dusche, Liebste. Die Wäsche klebt mir regelrecht am Körper.»

«Kann ich gut verstehen», sagte sie. «In der Disko war es so heiß wie in der Sauna.»

Er war kaum im Badezimmer verschwunden, da schob sie die Gardinen zur Seite und trat hinaus in den Garten. Wie immer waren die Palmen, Pinien und Zypressen angestrahlt. Es war so still, daß sie leise die Wellen hörte, die von Zeit zu Zeit am Ufer plätscherten. Sie sah hinaus auf das Meer, bis sie Peters Schritte hörte und zwei gefüllte Sektkelche in seiner Hand sah.

«Jetzt, wo ich weiß, daß dein Hotel nicht überschuldet ist, können wir das wohl endlich feiern!»

«Schön, daß du es so siehst», sagte sie. Beide genossen die milde Nacht, bis die Flasche leer war und sie, vom Champagner leicht angeheitert, ins Schlafzimmer gingen. Peter zog Stefanie auf das Bett und streichelte wie immer zuerst ihre Brüste, ließ nach einer Weile seine Hand zwischen ihre Beine wandern und drang in sie ein. Sie hatte die Augen geschlossen, und dann schrie sie plötzlich leise. Sie hatte sich bei dem Gedanken ertappt, sie läge in den Armen des fremden Italieners.

Sechs

Die nächsten Tage verbrachten Stefanie und Peter, als ob sie wie die meisten anderen nur zum Urlaub auf die Insel gekommen wären. Nach dem Frühstück bestand er darauf, im Pool des *Hotels Norma* mindestens eine halbe Stunde das Schwimmbecken zu nutzen. Sie sonnte sich während dieser Zeit im Garten, freute sich über den blauen Himmel und die prächtigen Bäume, deren Grün von Tag zu Tag kräftiger zu leuchten schien.

Danach waren sie ein paarmal im Geländewagen losgefahren, um wenigstens etwas mehr von Sizilien kennenzulernen. Beim ersten Ausflug hatten sie sich noch erregt gestritten, nachdem Peter das griechisch-römische Theater mit seinem unvergleichlichen Panorama, dem Ätna und dem Meer nüchtern als «abbruchreife Versammlung alter Steine» bezeichnet hatte, doch von *Siracusa* war er nicht weniger beeindruckt als sie.

Die Kathedrale an der *Piazza Duomo* und der *Migliaccio-Palast* nötigten sogar ihm Respekt vor der Baukunst vergangener Zeiten ab, und als sie nach der Besichtigung des eleganten *Palazzo Benevantano* aus dem 18. Jahrhundert in einem kleinen Straßencafé eine *Granita* tranken, gab er endlich zu, daß ihm die große Insel zu gefallen begann.

«Wenn ich wieder herkomme, um dir beim Verkauf des Hotels zu helfen, müssen wir nach Palermo fahren», sagte er. «Diese Stadt möchte ich unbedingt sehen.»

Das Problem der nicht eingelösten Schecks war beseitigt. Der Bankangestellte hatte zwar erklärt, daß nach Piazzolos Tod die Kreditlinie für das Hotel nicht mehr hinreichend abgesichert wäre, doch die offenen Rechnungen und eine Kopie von Piazzolos Vermächtnis hatten ihn schließlich umstimmen können.

Während dieser Verhandlung war Stefanie wieder bewußt geworden, wie sicher sie sich bei Peter fühlen konnte. Sie hatte sich bemüht, ihm so oft wie nur möglich zu beweisen, wie sehr sie ihn schätzte.

Auch in der vergangenen Nacht hatte sie ihn mit Zärtlichkeiten verwöhnt und mit ihrer Begierde nahezu erschreckt. Kurz bevor sie erschöpft in seinen Armen eingeschlafen war, hatten sie sich noch über dic nächsten Wochen unterhalten. Sie würde ja noch einmal nach Sizilien fliegen müssen, doch sobald die Grundbucheintragung erfolgt und das Hotel verkauft wäre, würde sie so schnell wie möglich zurück nach München kommen und weiter in der Werbeagentur arbeiten.

«Dann sind wir um eine halbe Million reicher. Ich möchte nicht, daß unsere Kinder später mal in einer Mietwohnung aufwachsen müssen», hatte sie gesagt und war erschrocken, daß sie sich plötzlich von Kindern reden hörte. Doch Peter zog sie nur erneut an sich.

«Das möchte ich auch nicht. Aber stell dir den Verkauf des Hotels nicht zu einfach vor. So etwas erfordert Geduld und Vorsicht! Ich werde höllisch aufpassen müssen, damit du dabei nicht betrogen wirst.»

«Ich weiß schon, was ich an dir habe», hatte sie versichert und war dann beruhigt in seinen Armen eingeschlafen.

Am Mittwoch, dem Tag ihrer Rückreise nach München, wunderte sich Stefanie, daß sie diesmal nichts von der Aufregung spürte, die sie sonst immer empfand, wenn ein Urlaub zu Ende ging.

Peter hatte seinen Koffer schon am Vorabend gepackt, doch sie würde ja schon in einer Woche wieder hier sein. Sie wollte nur ihre Stiefeletten, die Thermohose und ihre dicke Steppjacke mit nach München nehmen, vor dessen Wetter ihr schon jetzt graute. Von der Agentur ganz zu schweigen.

Sie hatten inzwischen gefrühstückt. Stefanie stand gerade vor dem Kleiderschrank und suchte nach einem ihrer Pullover, den sie im Handgepäck unterbringen wollte, als Peter gutgelaunt aus dem Garten in die Wohnung kam.

«So schön es hier ist», sagte er. «Allmählich freue ich mich wieder auf die Arbeit.»

«Hör auf!» sagte sie. «Ich überlege dauernd, wie ich meinem Boß erklären soll, daß ich in einer Woche schon wieder weg muß. Hoffentlich ist in der Agentur nicht zuviel zu tun.»

«An deiner Stelle würde ich ihm einfach die Wahrheit sagen! So, wie du mir RDW geschildert hast... Der würde eine solche Erbschaft auch nicht einfach sausenlassen.»

Peter ging unruhig auf und ab. «Am liebsten würde ich noch mal zum *Hotel Norma* fahren und dort eine Runde schwimmen. Kommst du mit?»

«Keine schlechte Idee», sagte sie. «Und danach suchen wir uns in Taormina ein schönes Lokal und essen dort noch zu Mittag. Tozzi meint, wenn er uns zum Flughafen fährt, brauchen wir hier erst um drei loszufahren.»

«Halb drei wäre besser», sagte Peter. «Man muß immer

damit rechnen, daß man auf der Autobahn in einen Stau gerät.» Er holte seine Badesachen aus dem Koffer, und Stefanie griff nach ihrer Badetasche. Als sie an der Rezeption vorbeigingen, war Tozzi gerade mit zwei neu angekommenen Gästen beschäftigt. «Ich möchte Sie doch bitten, uns schon um halb drei zum Flughafen zu fahren», sagte Peter. «Ich weiß nicht, wie lange hier das Einchecken dauert.»

Tozzi nickte freundlich. «Si, volontieri! Wann immer Sie möchten.»

Sie verließen das Hotel und waren gerade in den Geländewagen gestiegen, da näherte sich in langsamer Fahrt ein schwarzer Mercedes und hielt vor dem Hotel. Ein junger Mann von vielleicht dreißig Jahren stieg aus, eilte ins Hotel, verließ es sofort wieder, kam zum Geländewagen gerannt und klopfte aufgeregt an das Fenster auf Stefanies Seite.

«Scusi», sagte er, als Stefanie das Fenster geöffnet hatte. «Signora Berger? Ich soll Sie zu einem kleinen Imbiß ins *Hotel Metropol* abholen. Unser Chef möchte unbedingt mit Ihnen sprechen!»

«Ausgeschlossen! Erstens kenne ich Ihren Chef nicht, und zweitens fliege ich in wenigen Stunden nach München.»

Der junge Mann sah Stefanie verlegen an: «Direktor Castiglio ist erst heute nacht aus Milano zurückgekommen. Bitte nehmen Sie seine Einladung an. Es ist sehr wichtig.»

«Was ist wichtig?» fragte Peter, als er das Wort *importante* hörte. «Könntest du mir bitte freundlicherweise erklären, was dieser Mann von dir will?»

Ständig diese Sprachprobleme! «Der Direktor vom *Hotel Metropol* will angeblich mit mir reden. Ich kenne diesen Mann überhaupt nicht.»

Peter hatte Mühe, seinen Zorn zu unterdrücken. «Das kommt überhaupt nicht in Frage! Wenn er etwas von dir will, dann soll er sich gefälligst zu dir bemühen!»

Zehn Minuten später hielt ihnen ein uniformierter Portier die Tür des *Grandhotels Metropol* auf. Sie folgten dem jungen Mann, der sie abgeholt hatte, durch eine Empfangshalle, die an Luxus alles übertraf, was Stefanie in Hotels bisher gesehen hatte.

Das Haus, ein alter Palazzo, war hervorragend restauriert worden. Die alte Bausubstanz war erhalten, aber gleichzeitig geschickt den Bedürfnissen wohlhabender Gäste angepaßt.

In schweren, alten, mit Brokat bespannten Sesseln lasen gut gekleidete, meist ältere Männer und Frauen Zeitungen aus aller Welt und tranken dabei gelangweilt Kaffee oder Tee, den livrierte Pagen unermüdlich servierten. Zwischen den Sitzgruppen wuchsen Palmen aus bunten Keramikkübeln. Sogar ein großer Springbrunnen plätscherte in der Empfangshalle. Peter schien von alledem nicht im geringsten beeindruckt.

«Aber höchstens fünf Minuten!» sagte er verärgert zu Stefanie, während eine junge Hotelangestellte sie aus dem Vorzimmer ins Büro des Hoteldirektors führte. «Ich laß mir doch nicht den letzten Urlaubstag verderben.»

«Ich auch nicht!» antwortete Stefanie. «Aber ich möchte wenigstens wissen, was man von mir will. Das nächste Mal habe ich dich hier nämlich leider nicht an meiner Seite!»

«Signora Berger – Direttore Enzo Castiglio», stellte die Sekretärin vor und verließ dann das Zimmer.

Der Direktor, ein kleiner, leicht untersetzter Mann von

vielleicht sechzig Jahren, stand hinter seinem antiken Schreibtisch auf, streckte Stefanie die Hand entgegen und begrüßte sie auf deutsch mit leichtem Schweizer Dialekt. «Entschuldigen Sie bitte diesen Überfall! Ich habe erst heute nacht erfahren, daß Sie schon abreisen. Ich wollte noch vorher mit Ihnen sprechen.»

«Überfall ist nicht ganz falsch!» sagte Peter und unternahm keinerlei Anstalten, dem Mann die Hand zu geben. «Peter Scholz! – Dürfte ich erfahren, welchem Umstand Frau Berger Ihr Interesse verdankt? – Sie sind Schweizer, nicht wahr?»

Castiglio nickte. «Ich bin im Tessin geboren und lebe seit zehn Jahren hier. Wenn ich Sie zu einer kleinen Erfrischung einladen darf ...»

«Nicht nötig!» sagte Peter. «Wir wollen Sie nicht lange aufhalten.»

«Nur ein kleiner Imbiß!» sagte Castiglio und drückte auf eine Taste unter seinem Schreibtisch. Schnell, als hätte er draußen vor der Tür gewartet, rollte ein Page einen kleinen Servierwagen ins Zimmer. «*Carpaccio* vom Schwertfisch und ein trockener *Orvieto*», erklärte Direktor Castiglio. «Sie kennen diese köstliche Spezialität Siziliens vermutlich. Unser Koch arbeitet wohl abends auch bei Ihnen im Hotel.»

«Ja», sagte Peter. «Unser Koch verdient sich mittags bei Ihnen ein kleines Zubrot. Von einem Job allein kann man vermutlich auch hier nicht mehr leben.»

«Kommt auf den Job an!» sagte der Direktor, während der Page die Weinflasche öffnete. «Aber ich möchte Sie nicht lange aufhalten!» Er wandte sich Stefanie zu: «Offen gesagt, es hat auch mich überrascht, daß mein alter Freund

Giovanni ausgerechnet einer jungen Deutschen sein Hotel hinterlassen hat, aber er wird seine Gründe dafür gehabt haben. – Ich kenne dieses Haus seit vielen Jahren, und ich möchte Ihnen ein Angebot unterbreiten. Unsere Gesellschaft möchte das *Hotel Italia* kaufen, sobald es in Ihr Eigentum übergegangen ist.»

Peter lachte so schallend, daß ihn Castiglio erstaunt ansah: «Erheitert Sie dieses Angebot?»

«Ganz im Gegenteil», versicherte Peter mit ernstem Gesichtsausdruck. «Ich bin mit Frau Berger hergekommen, um das Hotel im Auftrag einer deutschen Holding zu besichtigen, die es ebenfalls erwerben möchte. Es bedarf zwar erheblicher Investitionen, doch sie erscheinen mir wirtschaftlich sinnvoll.»

Stefanie blickte verwirrt von einem der Männer zum anderen. Bereitet Peter etwa schon hinter meinem Rücken den Verkauf vor, dachte sie, oder blufft er nur, um einen höheren Preis zu erzielen?

Direktor Castiglio hatte Mühe, seine Überraschung zu verbergen. «Das kann nicht Ihr Ernst sein!» sagte er verblüfft. «Häuser in dieser Größenordnung werfen keinen Gewinn mehr ab. Wenn wir es nicht als Zweigbetrieb führen könnten, hätte ich unserer Gesellschaft den Erwerb unter keinen Umständen empfohlen.»

Peter legte gelassen zwei Scheiben *Carpaccio* auf einen der Teller, griff nach seinem Weinglas und sah den Direktor des *Hotels Metropol* freundlich an. «Das sehe ich etwas anders! Sizilien ist zwar touristisch weitgehend erschlossen, doch für ein kleines exklusives Haus sehe ich hervorragende Marktchancen.»

«Darf ich fragen, für wen Sie arbeiten?» fragte Castiglio.

Peter nickte kauend: «Aber selbstverständlich! Ich bin als Betriebswirt für eine größere Münchener Bank tätig. – Und daß mein Interesse an Frau Berger nicht nur ein rein geschäftliches ist, dürfte Ihnen unser Koch wohl auch berichtet haben. Oder irre ich mich da etwa?»

Castiglio tat so, als hätte er diese Frage überhört. «Meine Gesellschaft wird Ihnen dennoch ein Angebot unterbreiten», sagte er zu Stefanie. «Sollen wir es Ihnen nach München faxen, oder leitet Herr Tozzi die Post an Sie weiter?»

Stefanie fühlte sich, als wäre ihr eine Scheibe *Carpaccio* im Hals steckengeblieben. «Am besten, Sie wenden sich an den Notar Bonello, der mich in dieser Sache vertritt», sagte sie mit Mühe und dann, mit kräftigerer Stimme: «Aber davon ganz abgesehen ... Ich bin spätestens in einer Woche wieder in meinem Hotel zu erreichen.»

Während das Flugzeug über die Startbahn rollte, hatte sie wieder nach Peters Hand gegriffen und hielt sie noch immer fest, als der Airbus vom Boden abhob. In zügigem Steilflug gewann er an Höhe. Noch einmal sah sie den Ätna mit der Rauchwolke, sah sie das Grün der Weinberge und Olivenhaine. Dann wandte sich das große Flugzeug dem Meer zu, und sie blickte nur noch in ein ihr unendlich scheinendes Blau.

Seit Stefanie nach der kurzen Besprechung mit Enzo Castiglio das *Hotel Metropol* verlassen hatte, empfand sie eine Unruhe, die sie nicht aus den Klauen lassen wollte.

«Läuft doch alles ganz ausgezeichnet», hatte sie gesagt. «Das Hotel ist mir noch nicht einmal überschrieben, und wir haben schon einen Käufer dafür.»

Noch jetzt kam ihr Peters Antwort darauf wie ein Peitschenschlag vor. «Einen Käufer, der dein Hotel ruinieren will, um das Haus nach der Pleite für Kleingeld aus der Konkursmasse zu bekommen! – Oder glaubst du etwa immer noch, die Schecks des Hotels sind zufällig nicht eingelöst worden? Die wollen, daß das *Italia* geschlossen werden muß! Das Grundstück allein ist viel weniger wert als ein funktionierender Betrieb. So funktioniert nun einmal die Wirtschaft.»

Stefanie mußte wieder an Peters Antwort denken, als sie nach der Zukunft der Angestellten ihres Hotels gefragt hatte. Wahrscheinlich hatte er recht. Fava war vermutlich längst eine Vollzeitstelle im *Metropol* versprochen worden. Caterina und Gabriella müßten versuchen, irgendwo als Zimmermädchen unterzukommen. Wirklich hart würde es nur Tozzi treffen, denn Kellner in seinem Alter gab es auf Sizilien mehr als genug.

Offensichtlich dachte auch Peter noch an das Gespräch mit Castiglio, denn als sie ihre Hand aus der seinen zu lösen versuchte, hielt er sie fest, und sie sah eine Kälte in seinen Augen, die sie erschreckte.

«Mach dir keine Sorgen! Mit diesem Schweizer werde ich spielend fertig! Wenn Castiglio kaufen möchte ... Warum nicht? Aber er wird ein funktionierendes Unternehmen bezahlen müssen. Nicht einen Pfennig weniger. Sonst finden wir einen anderen Käufer.»

Nach einer halben Stunde begannen Stewardessen, das Abendessen zu servieren. Wie auf Kommando klappten alle Insassen des Flugzeugs die kleinen Plastiktabletts aus den Rückenlehnen der Sitze vor ihnen. Auch Peter bemühte sich, den trockenen Hühnerschenkel und die Erbsen mit dem Burgunder herunterzuspülen, der in kleinen Flaschen zum Abendessen serviert wurde, doch Stefanie hatte keinen Appetit.

«Wie soll ich das da drüben bloß schaffen ohne dich?» fragte sie. «Die haben doch ein leichtes Spiel mit mir.»

«Aber nicht mit mir! Vergiß bitte nicht, daß es Telefone gibt. Wir werden den Hotelbetrieb unter allen Umständen aufrechterhalten, bis du als Eigentümerin im Grundbuch stehst.»

«Und dann?»

«Danach wird ein Sachverständiger den Wert ermitteln. Du verkaufst an den Meistbietenden, und wir sind um eine halbe Million reicher.»

«Gut, daß es dich gibt!» sagte sie. Es dauerte nicht lange, bis sie ihren Kopf an seine Schulter legte und sich auszumalen begann, wie ihre gemeinsame Zukunft aussehen würde. Daß Peter sie heiraten und Kinder mit ihr wollte, erschien ihr so sicher wie das Amen in der Kirche. Sonst hätte er sich kaum um ihr Erbe gekümmert, als wäre es das seinige.

Sie dachte gerade an ein kleines Haus und sah sich mit zwei kleinen Kindern im Garten spielen, als es im Flugzeug langsam kälter wurde. Die ersten Fluggäste holten ihre Winterkleidung aus dem Handgepäck, und auch Stefanie verschwand mit ihrer Reisetasche im Waschraum, zog dort ihr dünnes Sommerkleid aus und setzte sich in ihrer Thermohose und einem dicken Pullover wieder neben Peter. Kurz danach forderte eine Stimme aus den Lautsprechern die Reisenden auf, ihre Sicherheitsgurte zu schließen.

Der Airbus flog durch dicke dunkle Wolken und landete auf dem Franz-Joseph-Strauß-Flughafen. Die Passagiere sprangen auf und holten ihre Winterkleidung aus den Gepäckfächern. Peter hatte schon den Anorak angezogen und die Tasche mit seinem Laptop in der Hand, als Stefanie noch immer auf ihrem Platz saß und nach draußen blickte. Über das dicke Glas des Flugzeugfensters rann soviel Wasser wie über die Frontscheibe eines Autos, das durch eine Waschanlage fuhr.

Am nächsten Morgen regnete es weniger stark, aber ein Wind wehte durch München, der auch Stefanie zwang, den Rand ihres Regenschirms festzuhalten, damit er nicht schon auf dem Weg zur U-Bahn-Station umgestülpt wurde. Aus jedem Abfallkübel, an dem sie vorbeiging, ragten verbogene Stangen, an denen nur noch zerrissene Stoffetzen hingen. Viele Schirme lagen am Rand der Straße; ihre Besitzer hatten sie einfach weggeworfen.

Am Morgen, als sie schon von ihrem Bett aus den grauen Himmel gesehen hatte, wäre sie am liebsten liegengeblieben. Soviel Verständnis sie dafür aufzubringen versuchte, daß Peter die erste Nacht nach dem Urlaub bei sich zu Hause verbringen wollte, weil er nicht in einem zerknitterten Anzug in der Bank erscheinen mochte – schon als sie allein in ihre Wohnung gekommen war, hatte sie sich so deprimiert gefühlt wie lange nicht mehr.

Sie war sofort ins Bett gegangen, wo sie noch lange wach lag. Danach vermißte sie, als sie endlich eingeschlafen war, jedesmal, wenn sie kurz aufwachte, Peters tiefe Atemzüge.

Typisch Stefanie, dachte sie am Morgen unter der Dusche. Ich gewöhne mich viel zu schnell an die Nähe eines Mannes. Der erste Schluck Kaffee, der durch den Filter der Maschine gelaufen war, kam ihr bitter vor.

Nicht mal den Kaffee mag ich hier noch, dachte sie,

während sie in ihrer grauen Windjacke die Treppen zur U-Bahn hinunterging; und als sie die bleichen Gesichter der Münchner betrachtete, die auf dem Bahnsteig warteten, sah sie das Meer und den blauen Himmel über Giardini-Naxos und Taormina vor sich. Am liebsten wäre sie sofort zum Flughafen gefahren, in die nächste Maschine gestiegen und zurückgeflogen.

Das will wohl jeder nach dem Urlaub, dachte sie. Aber ich sollte mich schämen. Ich bin ja in einer Woche schon wieder in Sizilien. Sie wartete noch keine fünf Minuten, da hörte sie das leise Rauschen eines nahenden U-Bahn-Zuges. Sie fand einen Sitzplatz gegenüber von zwei jungen Männern, die, in dicke Anoraks gehüllt, ihre durchnäßte Zeitung lasen.

Vielleicht sollte man niemals verreisen, dachte sie, als sie auf der Schellingstraße wieder ihren Regenschirm öffnete und gegen den Wind ankämpfte. Dann wüßte man wenigstens nicht, wie schlecht das Wetter in Deutschland ist.

Die Türen des Aufzugs schlossen sich gerade, als sie das Haus der Werbeagentur betrat, doch Bodo Fechner schob blitzschnell den Fuß dazwischen. «Prima, daß du wieder da bist. Hattest du wenigstens einen schönen Urlaub mit deinem Banker?»

«Kann man wohl sagen. Jeden Tag Sonne und das Meer. Ich werde schon nächste Woche wieder hinfliegen. Meinen Koffer packe ich gar nicht erst aus.»

Bodo drückte lachend auf den Knopf für die dritte Etage. «Ganz normaler Holiday Blues! Ich nehme mir im Urlaub auch immer alles mögliche vor. Und wenn du wieder hier bist ... Nach spätestens einer Woche läuft alles wieder wie zuvor.»

Sie knuffte ihn freundschaftlich in seinen Bauch: «Ist wohl noch immer zuviel für einen Porsche, was?»

Er deutete auf sein Ohrläppchen, in dem sich ein silberner Knopf befand. «Atkins ist auch nicht das Wahre», sagte er. «Ich versuche es jetzt mit Akupunktur. In einer Woche drei Kilo weniger! Das soll mir erst mal einer nachmachen.»

«In der ersten Woche verliert dein Körper lediglich Wasser!» sagte Stefanie und erkundigte sich vorsichtig, ob während ihrer Abwesenheit in der Agentur etwas Besonderes passiert wäre.

«Was soll hier schon passieren?» fragte Bodo. «Dein Hahn mit dem goldenen Ei hat dem Kunden so gut gefallen, daß er jetzt auf der Titelseite des Prospekts krähen soll. Wenn ich an deiner Stelle wäre ... Genau der richtige Zeitpunkt, eine Gehaltserhöhung zu verlangen.»

Die Lifttüren fuhren mit einem leisen Geräusch auseinander. Bodo und Stefanie gingen über den weichen Bodenbelag des Korridors zu ihren Büros, und als Stefanie in ihr Zimmer trat, ihre Windjacke auszog und in ihre Ballerinas schlüpfte, glaubte sie einen Augenblick, sie hätte von ihrer Erbschaft nur geträumt. Sie setzte sich an ihren Arbeitstisch, schaltete den Computer ein, und aus dem Lautsprecher klang ein lautes Krähen. Dann sah sie auf dem Bildschirm einen Hahn, über dem der Schriftzug «Arbeit ist wunderbar!» flackerte. Typisch Bodo, dachte sie gerade, da klingelte das Telefon. «Schön, daß Sie wieder da sind!» begrüßte Ralph Dieter Weber sie. «Ich muß sofort mit Ihnen reden. Auf Sie wartet jede Menge interessante Arbeit.»

RDW sah sie fassungslos an: «Das ist ausgeschlossen! Sie können nicht schon wieder in Urlaub gehen.»

Stefanie mußte gegen ein flaues Gefühl im Magen ankämpfen, als sie antwortete. Es war das erste Mal, daß sie ihrem Chef widersprach: «Es wird sich leider nicht vermeiden lassen, und es kann sogar länger dauern als vier Wochen. Deshalb habe ich auch unbezahlten Urlaub vorgeschlagen. Ich habe in Italien ein erhebliches Vermögen geerbt. Ich möchte nicht, daß es dort in andere Hände gelangt.»

Vermochte schon die bloße Erwähnung des Wortes *Vermögen* das Verhalten eines Menschen derartig zu verändern? RDW, der ihr nicht einmal einen Stuhl angeboten hatte, als sie in sein Büro gekommen war, erhob sich hinter seinem riesigen schwarzen Designerschreibtisch und begleitete sie zu der Sitzgruppe, wo er manchmal mit besonders wichtigen Kunden verhandelte. «Das ist natürlich eine völlig andere Situation! – Mögen Sie einen Kaffee?»

Es dauerte nicht lange, bis seine Sekretärin die Kanne und zwei Tassen auf den Tisch stellte, und als sie das Zimmer verlassen hatte, beglückwünschte RDW Stefanie zum Erfolg ihres Entwurfs. «Eine Startauflage von achthunderttausend Exemplaren», sagte er. «Der Kunde überlegt bereits, ob er die ganze Kampagne mit Ihrem Motiv fährt. Und in diesem Augenblick wollen Sie uns im Stich lassen!»

Aus seinen Augen schien alles Leiden der Welt zu quellen. «Mich gehen Ihre persönlichen Angelegenheiten natürlich nichts an, aber im Hinblick auf unsere lange Zusammenarbeit ... Ich möchte Sie lediglich vor Fehlern bewahren!»

Stefanie hatte den Eindruck, daß sich ihr Chef wie ein Aal wand, als er einen Schluck Kaffee trank. «Ich will Ihnen nicht zu nahe treten, aber es muß schon ein sehr erhebliches

Vermögen sein, für das jemand einen guten Arbeitsplatz aufs Spiel setzt.»

«Das sehe ich auch so!» antwortete sie. «Aber ich werde einen umfangreichen Grundbesitz dennoch nicht seinem Schicksal überlassen. Ich brauche den Urlaub, um meine Liegenschaften in Italien zu veräußern.»

«Einen umfangreichen Grundbesitz?» fragte RDW andächtig. «Nehmen Sie Urlaub, so lange Sie wollen! Und danach ... Hätten Sie keine Lust, Miteigentümerin unserer Agentur zu werden?»

«Ich werde mir das gern überlegen, sofern Sie unser Gespräch als vertraulich betrachten», sagte sie ruhig. «Ich will kein Gerede unter den Kollegen.»

Es hatte drei Tage gedauert, bis Stefanie sich endlich überwunden hatte, ihre Mutter anzurufen, um ihren Besuch anzukündigen. Jetzt saß sie in einem Taxi, das sich durch den Düsseldorfer Berufsverkehr nach Derendorf quälte, wo ihre Eltern in einer Seniorenwohnung lebten.

Noch immer hatte Stefanie die erschrockene Stimme ihrer Mutter im Ohr, als sie ihr mitteilte, daß sie aus dem Urlaub zurück sei, aber bereits in wenigen Tagen wieder nach Sizilien zurückfliegen wolle, um dort wichtige Angelegenheiten zu regeln.

«Du und Italien», hatte die alte Frau ins Telefon geschimpft. «Hast du seit Rom noch immer nichts dazugelernt?»

Vielleicht mehr, als du denkst, hatte Stefanie gedacht, doch ihrer Mutter schließlich versprochen, nach Düsseldorf zu kommen, um in Ruhe über alles zu reden.

Ich bin eine erwachsene Frau, dachte sie verärgert. Mein

Leben geht meine Eltern überhaupt nichts an. Trotzdem fühlte sie ein flaues Gefühl im Magen, als das Taxi vor dem großen braunen Haus in Derendorf hielt. Während sie mit dem Blumenstrauß, den sie am Bahnhof gekauft hatte, die Treppe zur Wohnung ihrer Eltern hochging, wäre sie am liebsten umgekehrt.

Doch da hörte sie schon, daß eine Wohnungstür geöffnet wurde, und als sie ihren Vater sah, empfand sie plötzlich Scham. Er hatte seinen inzwischen viel zu weit gewordenen dunklen Anzug angezogen und sich eine Krawatte umgebunden. Ein Besuch ihrer Tochter war für die alten Leute offensichtlich ein Feiertag. «Mutter ist noch mit dem Braten beschäftigt», begrüßte er Stefanie. «Wir beide können vor dem Essen noch einen Aperitif trinken.»

Sie hatte Rheinischen Sauerbraten schon als Kind nicht gemocht, doch Stefanie bemühte sich, freudig überrascht zu erscheinen. «Du denkst auch an alles», sagte sie in der Küche zu ihrer Mutter, als sie ihr den Blumenstrauß überreichte. «Auf deinen Braten habe ich mich schon während der ganzen Reise gefreut.» Sie umarmte ihre Mutter, und als sie ins Wohnzimmer kam, hielt Vater eine Flasche *Dubonnet* in seiner zitternden Hand und bemühte sich, zwei kleine Gläser zu füllen.

«Und du willst schon wieder ins Ausland fahren?» fragte er besorgt. «Hast du keine Angst um deinen Arbeitsplatz? Was man in den Zeitungen so liest ... Glaub mir, manchmal bin ich fast froh, daß ich nicht mehr jung bin. Überall nur noch Computer! In meinem Beruf könnte ich heute nicht mehr arbeiten.»

«Brauchst du doch nicht mehr», antwortete sie. Er hob feierlich sein Glas. Sie stieß mit ihm an. Er berichtete erst ausführlich von seinem Rheuma, um sich danach über den Euro zu beklagen, mit dem die Deutschen erneut um ihre Ersparnisse betrogen würden. Sie war erleichtert, als Mutter mit dem Essen ins Wohnzimmer kam.

Sie setzte sich mit ihren Eltern an den kleinen runden Eßtisch, sah, wie ihre Mutter Bratenscheiben auf die Teller legte, dicke runde Kartoffelklöße und Sauerkraut, und die Enge der Wohnung bedrückte sie plötzlich. Ein Tisch. Vier Stühle. Ein Fernsehgerät neben einer Glasvitrine, auf der ein Foto Stefanies stand, das sie ihnen vor drei Jahren zu Weihnachten geschickt hatte. Im Schlafzimmer befanden sich noch immer ein vier Meter breiter Kleiderschrank und das breite Ehebett ihrer Eltern, in dem Stefanie mit sechzehn einmal heimlich mit einem Freund übernachtet hatte. War das alles, was das Leben einem alten Ehepaar noch bot?

Schon als Kind hatte Stefanie sich damit abgefunden, daß am Tisch während des Essens möglichst wenig geredet werden durfte. Auch diesmal wurde der Sauerbraten schweigend gegessen, und erst bei Kaffee und Kuchen am Nachmittag kam ihre Mutter wieder auf Stefanies Pläne zu sprechen.

«Habe ich dich am Telefon richtig verstanden? Du willst schon wieder nach Italien? Glaube nur nicht, daß wir solchen Unsinn noch mal bezahlen. Schon dein Jahr in Rom hat uns ein Vermögen gekostet. Irgendwann mußt du wie jeder dein Geld verdienen, auch wenn dir das scheinbar nicht schmeckt.»

«Darum geht es doch gar nicht! Ich komme so schnell wie möglich wieder nach München zurück. Es ist nur ...» Stefanie zögerte, bevor sie weitersprach. «Ein Italiener hat mir ein Hotel in Sizilien vererbt. Ein gewisser Giovanni

Piazzolo. Ich habe diesen Namen noch nie gehört. – Gibt es irgendwelche Beziehungen zwischen unserer Familie und Italienern?»

«Auf keinen Fall», sagte ihr Vater. «Bei unserer Versicherung hatten wir zwar auch italienische Kunden, aber nähere Kontakte ... Nein. Nicht daß ich wüßte.»

«Hab ich mir gedacht!» sagte Stefanie. «Aber kein Mensch schenkt einer völlig Fremden ein Hotel. Ich kann mir das alles nicht erklären.»

«Und in Rom?» fragte Vater. «Hattest du dort keine Freunde?»

Sie nickte. «Freunde schon! Aber von denen habe ich seit Jahren nichts mehr gehört. Warum sollten die mir was schenken? Die hatten meistens kaum selber genug zum Leben.»

Stefanie sah ihren Vater an. «Ich hab das alles für einen üblen Scherz gehalten, aber der Notar in Catania hat es mir schwarz auf weiß gegeben. Ich habe ein Hotel in Sizilien geerbt. Wir haben jetzt im Urlaub schon dort gewohnt. Ein wunderbares Haus direkt am Meer. Ich will nur noch mal hinfliegen, um es zu verkaufen.»

Sie griff nach der Kaffeekanne, und als sie zufällig zu ihrer Mutter hinüber sah, erschien ihr das Gesicht der alten Frau auf einmal wie aus Stein. Ihre Mutter räusperte sich, und als sie zu reden begann, hatte Stefanie den Eindruck, sie müsse sich zu jedem Wort zwingen: «Giovanni?» fragte sie. «Giovanni Piazzolo? Nie gehört!» Doch dann schien sie sich auf einmal zu erinnern: «Natürlich! Giovanni! Onkel Erich hat mir manchmal von ihm erzählt. Der war oft bei ihm in Italien. Die beiden waren dicke Freunde.»

«Dein Bruder hatte italienische Freunde?» fragte Stefanies Vater erstaunt seine Frau. «Das höre ich zum ersten Mal.»

«Meine Güte!» sagte Mutter. «Onkel Erich ist seit fünfundzwanzig Jahren tot. Das ist alles eine Ewigkeit her ...» Sie wandte sich Stefanie zu und versuchte zu lächeln: «Einmal hat dich Onkel Erich sogar in eine Eisdiele mitgenommen. Als sein Freund bei ihm zu Besuch war. Genau! Jetzt, wo wir darüber reden, fällt es mir wieder ein! Erich sagte nachher, sein Freund sei regelrecht vernarrt in dich gewesen. – Sag mal, Stefanie, sind die Italiener wirklich so kinderlieb?»

«Scheint so!» antwortete sie. «Auf alle Fälle können Kinder dort so viel Krach machen, wie sie wollen. – Aber daß ich mit Onkel Erich und einem Italiener in einer Eisdiele gewesen sein soll ... Daran kann ich mich nicht mehr erinnern.»

«Mein Gott, Steffi», sagte ihr Vater. «Fünfundzwanzig Jahre! Unser Gedächtnis ist nun mal Gott sei Dank noch kein Computer.»

An den nächsten Tagen riß die Wolkendecke über München hin und wieder auf. Manchmal fiel wieder stundenlang Schnee, der sofort taute und für große Pfützen sorgte, die am Abend zu gefährlich glattem Eis gefroren.

Stefanie hatte so viel zu erledigen, daß sie vom launischen Wetter nur wenig bemerkte. Auf Peters Rat hin hatte sie sich bei der Sparkasse zwanzig Euroschecks aushändigen lassen. Ihre Daueraufträge würden auch ausgeführt werden, falls Stefanie ihr Konto überziehen müßte.

«Machen Sie sich keine Gedanken darüber», hatte ihr die Sparkassenangestellte erklärt. «Sie haben ja auch noch ein Festgeldkonto bei uns.»

Allein der Kauf eines Handys, auf dessen Anschaffung Peter schon seit Monaten drängte, hatte zwei Stunden gedauert. Eine Postvollmacht für Peter und der Auftrag, ihre Post sechs Wochen aufzubewahren, waren ein ebenso zeitaufwendiges Problem gewesen wie die Anschaffung eines zweiten Koffers, in dem sie genügend Kleidung und Wäsche für sechs Wochen unterbringen konnte. Ihren alten Koffer hatte sie ja, wie den größten Teil seines Inhalts, im *Hotel Italia* zurückgelassen.

Das Flugticket nach Catania lag seit drei Tagen in ihrer Handtasche. Als sie anfing, ihren neuen Koffer zu packen, dachte sie wieder an den Besuch bei ihren Eltern.

So überrascht sie gewesen war, als Mutter sich auf einmal an den italienischen Freund des Onkels erinnerte – daß ihre Eltern ihr rieten, das Vermächtnis anzunehmen und das Hotel zu verkaufen, beruhigte sie. Sie erinnerte sich fast gerührt an ihren Vater, der ihr beim Abschied noch heimlich tausend Mark zugesteckt hatte. «Nimm das Geld ruhig, du wirst es vielleicht in Italien brauchen!»

Und was Peter betraf, so wirkte er fast erleichtert, seit sie ihm von der Freundschaft zwischen dem Italiener und ihrem Onkel berichtet hatte.

«Na und? Das macht doch Sinn!» hatte er gesagt. «Weshalb sollte sich ein alter Mann nicht an ein kleines deutsches Mädchen erinnern, mit dem er mal ein Eis gegessen hat? Glaube es mir, Stefanie! Was Menschen betrifft, so halte ich inzwischen nichts mehr für unmöglich!»

Schon nach seinem ersten Arbeitstag hatte er sie abends zum Essen eingeladen, und seither verbrachte er jede Nacht in ihrem Bett. Sogar bei ihrer Rückkehr aus Düsseldorf hatte er sie nachts am Bahnhof abgeholt.

«Wenn ich dich schon wieder nach Italien fliegen lassen muß», hatte er sie begrüßt, «möchte ich dich wenigstens vorher so oft wie möglich in meinen Armen halten. Und wenn wir das Hotel endlich los sind ... Ich habe lange über uns nachgedacht! Ich bin dafür, daß wir spätestens im August heiraten. Unser Leben in zwei Wohnungen darf nicht zum Dauerzustand werden!»

Stefanie hatte diesen Augenblick oft herbeigesehnt, und sie war erstaunt, wie wenig sie jetzt dabei empfand. «Das sehe ich auch so», sagte sie. «Wir müssen darüber reden, sobald das Hotel verkauft ist.»

Sie stand noch immer in ihrem Schlafzimmer am Kleiderschrank, und als sie Peters Schlüssel in der Tür hörte, griff sie gedankenlos ins Wäschefach und packte noch drei ihrer Lieblingsdessous in den Koffer. «Unser Essen steht auf der Warmhalteplatte, Liebster», rief sie laut in den Flur. «Du kannst ja schon mal den Wein aufmachen.»

Sieben

Endlich blauer Himmel, Sonne und das Meer! Seit einer Woche genoß Stefanie wieder das Leben in Italien. Daß ihr das vom Direktor des *Hotels Metropol* versprochene Angebot noch immer nicht vorlag, störte sie kaum. Sie telefonierte jeden Abend mit Peter, der diese Verzögerung für normal hielt.

«Mach dir keine Gedanken deswegen», sagte er, wenn sie ihn darauf ansprach. «Entweder wartet der Schweizer, bis dir das Hotel überschrieben ist, oder er will dich nervös machen, um den Preis zu drücken. Wenn er nicht anbeißt, schalten wir einen Makler ein. Letztlich findet man immer einen Käufer.»

Das beruhigte Stefanie. Inzwischen waren sechsundvierzig Urlauber im Haus, die sich schon vor Sonnenaufgang eine Liege möglichst nahe am Meer zu sichern versuchten. Sie legten ein Badetuch oder ein Buch darauf und waren empört, wenn andere diese Beschlagnahme nicht akzeptierten.

Vermutlich muß Mario wieder eine Streiterei zwischen Gästen schlichten, dachte sie belustigt, als sie ihn auf der Terrasse auftauchen sah. Doch er kam direkt zu ihrer Liege, auf der sie im Bikini die Morgensonne genoß.

«Scusi, Signora!» Er überreichte ihr ein kleines Päckchen in buntem Geschenkpapier. «Das wurde gerade für Sie abgegeben. Ich mußte den Empfang quittieren.»

«Für mich?» sagte sie erstaunt und dann, als sie bemerkte, daß er wie gebannt auf ihren Bikini starrte: «Vielen Dank! Kann ich sonst noch etwas tun?»

Er zögerte und bemühte sich, an ihr vorbeizublicken: «Es gibt Gerüchte über uns in der Stadt! Stimmt es, daß wir eine Filiale vom *Metropol* werden sollen?»

«Hören Sie auf! Bisher stehe ich noch nicht einmal als Eigentümerin im Grundbuch. Und falls ich das Hotel wirklich verkaufen sollte ... Sie wären der erste, der davon erfahren würde. Ich weiß, was Sie für das *Italia* getan haben.»

Sie griff nach ihrem Bademantel, zog ihn an und eilte mit dem kleinen Päckchen in ihre Eigentümerwohnung. Der Armreif, dachte sie, während sie aufgeregt das bunte Papier entfernte und eine der Schachteln sah, wie sie Juweliere für Schmuckstücke verwenden. Peter hat mir den Armreif gekauft, den ich in dem Schaufenster auf dem *Corso Umberto* so bewundert habe. Sie öffnete neugierig die Schachtel – und hatte eine altmodische Perlenkette in der Hand, an der ein goldenes Medaillon hing, eine flache runde Kapsel, in der ein fast verblichenes Schwarzweißfoto eines fremden alten Mannes eingerahmt war.

Was soll das? Sie betrachtete verwirrt das Medaillon mit dem alten Foto und knüllte das bunte Geschenkpapier z–usammen. Als sie es in den Papierkorb werfen wollte, entdeckte sie eine Visitenkarte. Ihre Hände begannen zu zittern. *Roberto Gori*, las sie wieder. *98 100 Messina. Viale Boccetta 24*. Die Telefonnummer dahinter war mit schwarzer Tinte übermalt und nicht mehr zu entziffern. Diesmal hatte er nichts auf die Karte geschrieben.

Für was hält mich dieser Mann, dachte sie wütend. Der muß doch spätestens in der Diskothek gemerkt haben, daß ich mich nicht für ihn interessiere! Sie zog hastig ihre Jeans an, riß eine ihrer Blusen aus dem Schrank, griff nach ihrer Handtasche und eilte zur Rezeption. Zwei Gäste bezahlten gerade ihre Getränkerechnung, doch sie drängte sie rücksichtslos zur Seite.

«Geben Sie mir bitte die Schlüssel und die Zulassung für den Lieferwagen», sagte sie so ruhig wie möglich zu Tozzi. «Ich muß mal kurz in die Stadt.»

Was bildet sich dieser Mann ein, mir einfach ein Schmuckstück zu schicken? Glaubt er etwa, er könnte mich mit so was kaufen? Noch immer kochte sie vor Wut und mußte sich dazu zwingen, auf der Nationalstraße nicht schneller als neunzig Stundenkilometer zu fahren.

Sie wußte, daß die *Vigili urbani* in ihren beeindruckenden Uniformen das Radargerät mit Vorliebe dort aufbauten, wo die Straße zu Geschwindigkeitsüberschreitungen nahezu einlud. Jetzt von einem Gemeindepolizisten angehalten zu werden, der seine Macht einer blonden Frau gegenüber besonders ausgespielt hätte, das fehlte gerade noch.

Auch auf der N 114 sah sie rechts immer wieder das Meer und links bewaldete Berge. Sie fuhr durch kleine Ortschaften und Dörfer, vorbei an Zitrushainen und blühenden Gärten, doch diesmal interessierte sie die Landschaft nicht im geringsten.

Daß sich dieser Gori schon in der Cafeteria hatte zu ihr an den Tisch setzen wollen, nahm sie ihm nicht übel. Viele Italiener lebten unter dem Zwang, jeder jungen Frau ihr sexuelles Interesse zeigen zu müssen – und erschraken oft, wenn es darum ging, ihre Männlichkeit tatsächlich zu beweisen.

Aber einer fremden Frau, die sich in Begleitung eines anderen Mannes befand, eine Visitenkarte in die Handtasche zu schmuggeln, ging entschieden zu weit. Und ihr dann auch noch eine Halskette zu schicken, war schlicht und einfach geschmacklos. Überhaupt, dachte sie, was soll das Foto des alten Mannes im Medaillon bedeuten? Etwa eine Anspielung, deren Sinn ich nicht verstehe?

«Für die meisten von uns ist eine Frau immer noch entweder eine Madonna, eine Mutter oder eine Hure», hatte Marcello mal in Rom gesagt. «So was ändert sich nicht von heute auf morgen.»

Und was bin ich für diesen Roberto Gori? überlegte sie noch, dann mußte sie sich voll auf den Autoverkehr konzentrieren. Vom Zauber Siziliens war in der quirligen, lebendigen Industrie- und Hafenstadt Messina nichts mehr zu spüren. Der Verkehr kam Stefanie fast so chaotisch vor wie in Rom. Auch in Messina fuhr jeder nach seinen eigenen Verkehrsregeln.

Sie brauchte nahezu eine halbe Stunde, bis sie die *Viale Boccetta* fand. Das Haus mit der Nummer vierundzwanzig enttäuschte sie ein wenig. Ein altes braunes Gebäude mit einer verwitterten Fassade. An der Tür ein Schild: *Roberto Gori – Import / Export.* Daneben die geöffneten Wellblechtüren einer großen Lagerhalle, vor der zwei Arbeiter gerade Kisten von einem Auto abgeladen hatten, die sie auf einer Karre in die Halle fuhren.

Stefanie folgte ihnen möglichst unauffällig. Sie riskierte einen Blick in die Halle, und als sie dort Gori neben einem uralten Schreibtisch stehen sah, eilte sie zu ihm und knallte ihm den Karton mit seinem Präsent auf den Tisch. «Che catso credi di essere da darmi questo?» zischte sie ihn an.

«Was bilden Sie sich ein? Für wen halten Sie mich eigentlich?»

Gori blickte sie erstaunt an und wies die beiden Arbeiter mit einer herrischen Geste aus der Halle. «Sie verstehen das völlig falsch!» sagte er zu Stefanie. «Ich wollte lediglich ...»

«Ich verstehe das völlig richtig!» schrie sie ihn an. «Sie wollten sich erst in der Cafeteria an mich heranmachen, dann Ihre Visitenkarte in meiner Handtasche ...» Sie griff nach der Kette mit dem Medaillon und ließ es um ihre Hand kreisen. «Und jetzt schicken Sie mir ungebeten alte Preziosen!» Sie sah ihn wütend an: «Mir scheint, Sie sollten sich mal zu einem guten Nervenarzt begeben, falls es in dieser Stadt überhaupt so was gibt.»

Sie sah, daß Goris Gesicht rot anlief, und jetzt war er es, der sich kaum noch beherrschen konnte. «Überlegen Sie sich bitte Ihre Worte gut, Signora!» sagte er kalt. «Zugegeben, in der Cafeteria haben Sie mich als Frau für ein kurzes Abenteuer interessiert! Aber nachdem ich erfahren hatte, daß Sie die Erbin Giovanni Piazzolos sind ... Auf der Visitenkarte habe ich nur darum gebeten, Kontakt zu mir aufzunehmen. Signor Piazzolo hat mich kurz vor seinem Tod beauftragt, Ihnen die Kette mit seinem Bild zu übergeben. Haben Sie ihn denn auf dem Foto nicht mehr erkannt?»

«Ich kenne ihn überhaupt nicht», sagte Stefanie verwirrt. «Weshalb hat er die Kette nicht dem Notar anvertraut?»

«Notar Bonello ist keiner von uns. Doch das können Sie vermutlich nicht verstehen.»

«Und warum haben Sie mich nicht einfach im Hotel angerufen oder aufgesucht?»

«Weil ich Sie gebeten hatte, mich anzurufen!» Er hob den Kopf in den Nacken und sah sie spöttisch an: «Haben

Sie etwa erwartet, daß ich Ihnen hinterherlaufe? Sie kennen unseren Stolz noch nicht, Signora!»

Einer der beiden Arbeiter näherte sich vorsichtig und blieb drei Meter vor Goris Schreibtisch stehen. «Scusi, padrone! Wir brauchen noch Ihre Unterschrift!»

Gori nickte. «Subito!» Er griff nach einer Liste, unterschrieb, und als der Arbeiter die Halle verließ, hätte sich Stefanie vor Scham am liebsten in Luft aufgelöst. «Entschuldigen Sie bitte mein Benehmen! Aber dieses unerwartete Vermächtnis ... Ich habe Ihre Nachricht in meiner Handtasche völlig falsch verstanden, Signor Gori.»

Er lachte und gab ihr die Hand. «Für Sie Roberto! Ich mag temperamentvolle Frauen. Gehen Sie eine Kleinigkeit mit mir essen?»

«Warum nicht?» sagte sie zögernd, griff nach der Kette und legte sie sich um. Das Medaillon verschwand im Ausschnitt ihrer Seidenbluse. «Wenn dieses Schmuckstück wirklich ein Geschenk von Signor Piazzolo ist, werde ich es gerne tragen.»

Roberto Gori legte die Speisekarte aus der Hand und sah Stefanie überrascht an. «Wieso wollen Sie das *Hotel Italia* verkaufen? Gefällt es Ihnen etwa nicht?»

«Und ob es mir gefällt», antwortete sie leise. «Allein der Garten ... Wenn es nach mir ginge, würde ich hier nie wieder weggehen.» Sie spielte nervös mit einer Strähne ihres Haares. Was rede ich hier? dachte sie. Weshalb spreche ich mit einem fremden Mann über meine persönlichen Angelegenheiten? «Aber als Deutsche ...» hörte sie sich weiterreden. «So zuverlässig Mario Tozzi ist ... Ich bin Grafikerin! Ich habe keine Ahnung von Gastronomie.» Sie blickte

Roberto verwirrt an, und als sie sich in der schlichten *Taverna* umsah, glaubte sie plötzlich, sie befände sich wieder in einer längst vergangenen Zeit.

Die große verchromte Espressomaschine mit dem beeindruckenden Schriftzug der Firma *Gaggia* hinter der Theke ... Die bunten Bilder von Heiligen an den weiß gekalkten Wänden ... Die gescheuerten Holztische und die einfachen Stühle ... Sogar die künstlichen Blumen in der geschmacklosen Vase aus Plastik erinnerten sie an das kleine Lokal in Rom, wo sie oft mit Marcello gesessen hatte.

«Aber das kann man doch lernen!» hörte sie verschwommen eine Männerstimme. «Denken Sie etwa, ich war immer Kaufmann? Ich habe sechs Semester Medizin studiert! Aber als ich nicht mal meiner Mutter helfen konnte ... Ich wäre der schlechteste Arzt Siziliens geworden.»

Vielleicht habe ich einen Sonnenstich, dachte Stefanie, und als ihnen der Koch zwei Teller Pasta an den Tisch brachte, als Roberto nach der Weinkaraffe griff und lächelnd die Gläser füllte, hätte sie am liebsten laut geschrien. Seine geschmeidigen Bewegungen! Sein schlanker, muskulöser Körper! Sein halblanges schwarzes Haar ... Sogar sein leicht ironisches Lächeln, das gegen die Traurigkeit in den braunen Augen anzukämpfen schien – ihr war, als säße sie wieder mit Marcello beim *Pranzo*, dem schnellen Mittagessen der Italiener.

«Ich bin nur noch mal nach Sizilien gekommen, um die Formalitäten zu erledigen», sagte sie. «Sobald ich als Eigentümerin eingetragen bin, wird das Haus verkauft. Es gibt sogar schon einen Interessenten.» Sie sah den Sizilianer offen an. «Verstehen Sie das nicht falsch! Ich liebe diese Insel! Aber hier ein Hotel führen? Das traue ich mir nicht zu.»

Roberto füllte wieder Wein in die Gläser. «Dann genießen Sie die Schönheit dieses Landes, solange Sie es können. Waren Sie wenigstens schon auf dem Ätna?»

«Dazu hatte ich leider bisher keine Gelegenheit», hörte sie sich antworten. Auf was lasse ich mich ein, dachte sie. Was habe ich mit diesem Mann zu schaffen? Doch als er ihr einen gemeinsamen Ausflug zum Vulkan vorschlug, war sie einverstanden. «Wir treffen uns aber am besten vor dem *Metropol*», sagte sie. «Ich will kein Gerede in meinem Hotel.»

In der Nacht vor der Verabredung mit Roberto schlief Stefanie unruhig. Immer wieder träumte sie von dem Sizilianer. Sie saß neben ihm in einem Boot, unterwegs zu den Liparischen Inseln. Er öffnete auf einer Gebirgswiese einen Picknickkorb. Sie aß mit ihm alten *Parmesano*, trank dazu kühlen roten Wein. Sie spürte seine schmalen Hände.

Dann erwachte sie jedesmal erschrocken, schaltete die Lampe auf dem Nachttisch an und ging nervös in der Wohnung auf und ab.

Ich hätte mich nicht mit ihm verabreden dürfen, dachte sie. Ich kann mich hier nicht mit einem Italiener vergnügen, während Peter im grauen München sitzt. Ich werde Roberto sagen, daß ich nicht mit zum Ätna fahren kann. Irgendeine Ausrede wird mir schon einfallen.

Sobald sie sich immer wieder zu diesem Entschluß durchgerungen hatte, trieb sie ihre Müdigkeit zurück ins Bett, und sie schlief wieder ein, bis sie der nächste Traum hochfahren ließ.

Das hat doch alles keinen Sinn, dachte sie, als um sechs Uhr der Wecker auf dem Nachttisch klingelte. Ich werde nur zum *Metropol* gehen, um ihm zu sagen, daß ich leider verhindert bin. Doch sie zog zu ihren Jeans feste Schuhe mit flachem Absatz an und verließ die Wohnung mit einem dicken Pullover und ihrer Windjacke unter dem Arm.

Im Empfangsraum brannte nur die kleine Lampe auf der Rezeptionstheke. Sie erinnerte sich an die Glocke, die jedesmal ertönte, wenn die Tür aufging, zögerte und öffnete dann die Glastür nur so weit, daß sie aus dem Hotel schlüpfen konnte.

Draußen war es noch finster. Nur im Osten zeigte sich über dem Meer ein schmaler heller Streifen. Vom Ätna war lediglich ein schwacher roter Lichtfleck zu sehen, der im schwarzen Himmel schimmerte.

Sie eilte die Gasse entlang, an den Straßenlaternen vorbei, und als sie den Pförtner des *Hotels Metropol* im grellen Neonlicht vor der hell erleuchteten Fassade sah, wäre sie am liebsten umgekehrt. Doch da blinkten schon zwei Autoscheinwerfer auf. Ein Geländewagen hielt neben ihr, und Roberto öffnete die Tür. «Alle Achtung!» begrüßte er sie. «Ich hätte nie und nimmer damit gerechnet, daß eine Frau so pünktlich sein kann.»

«Na und? Der frühe Vogel fängt den Wurm.»

Roberto lachte. «Deshalb stehen die klugen Würmer morgens erst möglichst spät auf! – Wo haben Sie eigentlich so gut Italienisch gelernt?»

«Ich wollte mal Auslandskorrespondentin werden», behauptete sie. «Aber daraus ist dann nichts geworden.»

«Wie aus meinem Medizinstudium», grinste er. «Das Leben kommt mir manchmal vor wie eine Achterbahn.»

«Mir eher wie eine Hühnerleiter! Eng und manchmal ziemlich beschissen.»

«Na hören Sie!» protestierte er. «Wer ein Juwel wie Giovannis Hotel bekommt, sollte so etwas nicht sagen. Wie eng waren eigentlich die Beziehungen zwischen ihm und Ihrer Familie?»

«Keine Ahnung! Ein Onkel von mir war mit ihm befreundet. Das haben mir jedenfalls meine Eltern erzählt. Ich kann mich ehrlich gesagt kaum noch an ihn erinnern.»

Inzwischen fuhr der Geländewagen durch dichten Verkehr. Es wurde langsam heller, und Stefanie hatte das Gefühl, sämtliche Touristen wollten ausgerechnet heute auf den Vulkan.

«Signor Piazzolo hat Deutschland sehr geliebt», sagte Roberto. «Er hat dort wohl sogar eine Zeitlang gelebt.»

«Davon weiß ich nichts», sagte Stefanie. Es dauerte nicht mehr lange, bis sie Acireale erreichten, wo er sie zum Frühstück in eine *Pasticceria* einlud, vor der unter einer großen Kastanie einige weiß gedeckte Tische standen. Sie setzten sich an einen Tisch im Freien. Stefanie wollte zum *Caffè latte* wie gewöhnlich ein *Cornetto* bestellen, doch er überredete sie, das Gebäck aus Honig, Mandeln und Pistazien zu probieren. Er beobachtete gespannt ihr Gesicht, als sie in ein solches Plätzchen biß: «Sie sind süß wie die Liebe, nicht wahr?»

«Ich weiß nicht», antwortete sie zögernd. «Manchmal kann Liebe auch sehr bitter sein.»

Er sah sie nachdenklich an: «Vielleicht gibt es das Bittere nur, damit wir das Süße besser zu schätzen wissen.»

Er bezahlte die Rechnung, und als sie dann weiterfuhren, erlebte sie eine Landschaft, die an Schönheit alles übertraf, was sie bisher gesehen hatte. Die Straße stieg allmählich an. Hinter schwarzen Mauern aus Lava wucherte üppiges

Grün, in dem immer wieder bunte Blüten leuchteten. Roter Hibiskus, Oleander in allen nur vorstellbaren Farben, Weinberge, Zitronen- und Orangenhaine. Dazwischen alte niedrige Häuser und prächtige *Palazzi*, in denen wohl noch immer die Reichen des Landes lebten. Überall wuchsen hohe Palmen. Hin und wieder Bananenstauden.

«Ich glaube, das ist die schönste Insel der Welt», sagte sie, als sie unter einer riesigen Kastanie saßen, unter der, so behauptete jedenfalls Roberto, vor Jahrhunderten eine Königin mit hundert Rittern gerastet hatte.

«Dann bleiben Sie doch einfach hier und machen mich zu Ihrem Ritter.»

Sie lachte laut: «Eine Königin, die in Taormina ihre Grafik an Touristen verkauft, was? Oder glauben Sie etwa, ich könnte von dem Hotel leben?»

«Nur wenn Sie mich als Kellner einstellen! Dann würden die Frauen vor Ihrem Restaurant Schlange stehen, nur um von mir bedient zu werden.»

«Und die Königin würde vor Eifersucht zerspringen! Das würde Ihnen so gefallen, wie?»

«Ich würde meiner Königin niemals untreu werden», versicherte er, fiel vor ihr auf die Knie und legte dramatisch die Hand auf sein Herz.

«Sie wären ein hervorragender Schauspieler geworden», sagte sie, während sie ihn lachend vom Boden hochzog. Einen Moment blickten sie sich in die Augen. Sie erwartete, daß er sie küssen würde, doch er ließ sie wieder los.

«Abgesehen davon, daß ich mir Knieschützer besorgen sollte – ein Sizilianer spielt nie mit der Liebe! Jedenfalls nicht, wenn ihm eine Frau etwas bedeutet.»

«Danke für die Warnung! Ich werde vor Ihnen auf der

Hut sein. – Aber jetzt möchte ich endlich in den berühmten Höllenschlund blicken! Leben dort wirklich einäugige Riesen?»

«Keine Ahnung!» sagte er. «Ich habe gehört, die wären inzwischen alle nach Deutschland ausgewandert.»

Bereits auf der Rückfahrt von Enna nach Giarre hatte sich die Abenddämmerung über die Insel gesenkt. Auf der Küstenstraße in Giardini-Naxos brannten schon die bunten Glühlampen über den Tischen der Lokale.

«Dann bis übermorgen», sagte Roberto, während er vor dem *Hotel Metropol* den Automotor abstellte. «Einen Fischmarkt wie in Catania gibt es auf der Welt kein zweites Mal.»

«Bestimmt im ganzen Universum nicht!» antwortete sie, so ernst sie konnte. «Ich werde mir vorsichtshalber eine Wäscheklammer für meine Nase besorgen.»

Sie stieg aus dem Auto, und als sie sich nach ein paar Schritten noch einmal umdrehte, sah sie schon die Rücklichter seines Wagens. Sie hob trotzdem den Arm und winkte ihm nach.

Obwohl sie zum Abendessen nur zwei Glas Wein getrunken hatte, fühlte sie sich locker und beschwingt wie seit Jahren nicht mehr. Noch immer glaubte sie den Duft des Oleanders und Jasmins wahrzunehmen. Den Geruch von unzähligen Mimosen in einem Tal, durch das sie mit Roberto gewandert war, bevor er sie, weiter oben im Gebirge, durch Pinien- und Eichenwälder gefahren hatte.

Was für ein Mann! dachte sie. Seine ironischen Bemerkungen hatten sie immer wieder laut lachen lassen, und Sekunden später hatte sie manchmal eine leicht gedämpfte

Traurigkeit wahrgenommen, die sie so noch bei keinem Mann erlebt hatte.

Entweder hat ihn irgendwann eine Frau tief verletzt, dachte sie, oder er gehört zu jenen Sizilianern, deren Charakter noch immer von der Jahrhunderte währenden Fremdherrschaft über ihre Insel geprägt ist. Aber ich bin glücklich, dachte sie, glücklich wie lange nicht mehr.

Als sie die Stufen zum *Italia* hinunterging, bemerkte sie, daß sie noch immer die klobigen Bergschuhe trug, die Roberto ihr auf dem Parkplatz am Fuß der Seilbahn lächelnd überreicht hatte.

Sogar meine Schuhgröße hat er richtig geschätzt, dachte sie, als ihr in der Empfangshalle Mario Tozzi entgegenkam. «Wo waren Sie denn den ganzen Tag? – Herr Scholz hat schon zweimal im Hotel angerufen, weil er Sie über Ihr Handy nicht erreichen konnte.»

«Meine Güte», antwortete sie. «Ich war in Catania einkaufen. Geht deshalb gleich die Welt unter?»

«Wir müssen nachher miteinander reden», sagte Tozzi. Er ging hinter die Rezeptionstheke, und als er zurückkam, überreichte er ihr einen Briefumschlag. «Direttore Castiglio hat uns heute besucht. Er will unser Hotel kaufen.»

«Ja und? Glauben Sie, das ist mir noch nicht bekannt?»

Tozzi sah Stefanie unsicher an. «Das nicht. Aber er will das *Italia* von Grund auf modernisieren! Während des Umbaus sollen wir im *Metropol* arbeiten und danach wieder hier. Er hat uns allen mehr Geld versprochen. Ich werde als Geschäftsführer dreihunderttausend Lire mehr bekommen.»

«Schön für Sie!» sagte Stefanie ruhig. «Aber bisher ist das Hotel noch nicht einmal auf meinen Namen eingetragen.»

«Aber danach werden Sie doch an Castiglio verkaufen?» fragte er besorgt.

«Kommt auf den Preis an», sagte sie. «Wenn er zuwenig bezahlen will, suchen wir einen anderen Käufer.»

Sie wollte jetzt nicht länger darüber reden. Sie ging in die Wohnung, und während sie sich dort gerade die schweren Bergschuhe auszog, läutete ihr Handy auf dem Nachttisch.

«Wo steckst du denn die ganze Zeit?» fragte Peter verärgert. «Ich wollte Tozzi schon bitten, die Polizei zu verständigen.»

«Mein Gott! Ich war lediglich in Catania, um einige Einkäufe zu erledigen. – Aber es gibt Neuigkeiten! Castiglio will das *Italia* umbauen. Er hat allen Angestellten mehr Lohn versprochen. Mario hat mir gerade einen Brief gegeben. Vermutlich das Angebot.»

«Und wieviel will er zahlen?» fragte Peter aufgeregt.

«Keine Ahnung! Bleib mal in der Leitung.» Sie legte das Handy auf den Tisch, und als sie den Briefumschlag geöffnet hatte, sah sie viele Positionen. Dahinter Zahlen und darunter die Gesamtsumme. Sie griff wieder nach dem Telefon.

«Hundertsechsunddreißigtausend Euro. Für das Hotel mit sämtlichem Inventar.»

«Nur zweihundertsiebzigtausend Mark?» Peter lachte kurz. «Der hält uns wohl für komplette Idioten! Hast du in Catania wenigstens mit Bonello sprechen können? Wir können auf die Grundbuchänderung doch nicht jahrelang warten.»

«Du regst dich völlig unnötig auf, Liebster», sagte sie und erschrak über die Kälte in ihrer Stimme. «In Italien dauert nun einmal manches etwas länger.»

«Verlaß dich darauf», schimpfte er. «Denen werde ich Feuer unter dem Arsch machen, daß ihnen Hören und Sehen vergeht. Bevor du nicht die Eigentümerin bist, gibt dir kein Mensch ein Wertgutachten.»

«Dann mach, was du für richtig hältst. Ich kenne mich mit solchen Sachen nicht aus.»

«Aber ich», sagte Peter. «Dann bis morgen, Liebste! Schlaf nachher schön.» Die Telefonverbindung brach ab. Während sie sich langsam auszog, dachte sie an die erstarrten schwarzen Lavafelder, über die sie noch vor wenigen Stunden mit Roberto gewandert war.

Sie ging unter die Dusche, genoß erst das heiße Wasser auf ihrer Haut und schauderte dann unter dem kalten. So ist halt das Leben, dachte sie, während sie sich abtrocknete. Abwechselnd heiß und kalt. Aber bis ich nach München zurück muß, werde ich hier jeden Augenblick genießen.

Das hat alles keinen Sinn, dachte sie noch, während sie an der *Via Etnea* aus dem Taxi stieg. Doch dann eilte sie so schnell, wie es ihre hochhackigen Sandaletten erlaubten, zur *Piazza Duomo*. Als sie am Elefantenbrunnen Roberto schon von weitem sah, mußte sie gegen die Versuchung kämpfen, sich von hinten an ihn heranzuschleichen, ihm die Augen zuzuhalten und ihn zu küssen; ein Spiel, das sie in Rom von Marcello gelernt hatte.

«Ciao Stefanie! Schön, Sie wiederzusehen», begrüßte Roberto sie. Er umarmte sie, küßte sie flüchtig rechts und links auf die Wange und ließ sie sofort los, nachdem sie diese Geste erwidert hatte.

Das bedeutet nichts, dachte sie verwirrt, diese *Bacini* sind in Italien üblich. Da hörte sie auch schon das erste Kompliment: «Sie sehen großartig aus in diesem Kleid! Ihre Sandaletten passen hervorragend dazu!»

«Freut mich, daß ich Ihnen gefalle», antwortete sie. «Ist der silberne Ring an Ihrer linken Hand sehr alt?»

Roberto lachte: «Den habe ich vor drei Jahren in Arizona von einem Indianer gekauft. Er hat zwar nur fünfzig Dollar gekostet, aber er bringt mir Glück. Ich bin überzeugt davon, daß er magische Kraft hat! Er muß Sie zu mir geführt haben.»

«Ganz bestimmt!» nickte sie ernsthaft. «Das Medaillon von Signor Piazzolo hatte damit nicht das geringste zu tun.»

Diese Komplimente! Diese Fähigkeit der italienischen Männer, einer Frau ständig das Gefühl zu vermitteln, sie wäre die einzige auf der Welt!

Sie dachte gerade an das sachliche, ja mitunter nahezu geschäftsmäßige Verhältnis zwischen Peter und ihr, doch auf dem Fischmarkt rissen ihre Erinnerungen an München ab. Ihr war, als ob sich ganz Sizilien auf diesem Platz zwischen hohen alten Häusern mit verfallenen Fassaden zusammengeballt hätte – als ob das Land nach ihr greifen und sie nie wieder loslassen wollte.

Hunderte, wenn nicht Tausende von Menschen mußten es sein, die sich hier befanden. Sie schoben sich an Marktständen und Tischen vorbei. Sie bahnten sich zwischen großen Kisten und kleinen Kisten, zwischen hölzernen Karren und dreirädrigen Autos ihren Weg. Sie drängten sich unter großen Sonnenschirmen, bunten Markisen und vergilbten Zeltplanen über das ausgetretene Pflaster.

Und an allen Ständen und Tischen, an Kisten und Karren, neben den Ladeflächen der Lieferwagen, boten Händler laut schreiend die Vielfalt dessen an, was das nahezu erschöpfte Mittelmeer und das Land zu bieten hatten.

Silbern glänzende Sardinen, Schwertfische, Tintenfische. Muscheln, Krebse und Krabben lagen auf fein gestoßenem Eis. Bauern boten Käsesorten an, von denen Stefanie noch nie auch nur gehört, geschweige sie gekostet hatte. Viele Tische schienen sich unter dem Gewicht der Orangen, Zitronen und Limonen fast zu biegen.

Der Duft von Basilikum vermischte sich mit dem des Thymian, Zimt, Koriander und Salbei. Oliven glänzten gelb, grün und schwarz neben kleinen und großen Äpfeln und Birnen. Artischocken lagen gestapelt neben Auberginen, neben Kisten voll Nüssen, Mandeln und Pistazien. Tomaten gab es in allen denkbaren Formen, Farben und Größen. Frisch oder in der Sonne getrocknet. In Essig eingelegt oder in Öl, gewürzt mit allen Kräutern der Insel.

Stefanies Sinne wurden von Farben, Düften und Geräuschen so überflutet, daß sie nicht einmal bemerkte, wie Roberto seinen Arm um sie legte. Sie beobachtete gerade einen Händler, der leise und von seltsamen Gebärden begleitet mit einem Interessenten um den Preis seiner Ware zu verhandeln schien, als ein alter Mann an Roberto herantrat und ihn ansprach. Stefanie verstand nur einen Satz: «Sono proprio a terra.» Ich sitze ziemlich in der Klemme.

Roberto schüttelte den Kopf, und als er antwortete, fühlte sie plötzlich, daß er sie näher zu sich heranzog. «Mi has cambiato per qualcun'altro.» – Sie verwechseln mich sicher. Der alte Sizilianer sah Roberto unsicher an. Dann schien er sich bei ihm zu entschuldigen und zog sich in das Gedränge auf dem Markt zurück.

«Was wollte dieser Mann denn von Ihnen?» fragte sie.

Roberto zuckte kurz mit seinen Schultern. «Keine Ahnung! Er muß mich für jemand anderen gehalten haben. Das passiert mir manchmal in Catania. Es muß hier jemanden geben, der mir ähnlich sieht.»

«Den darf ich unter keinen Umständen kennenlernen», sagte Stefanie. «Sonst verliebe ich mich womöglich noch in ihn.»

«Wäre das denn so schlimm?» fragte Roberto.

Sie zögerte kurz und hatte plötzlich das Gefühl, als ob sie neben sich stünde. «Ich glaube schon! Wir wollen hier nur noch das Hotel verkaufen. Sobald das geregelt ist, fliegen wir nach München zurück.»

Er sah sie überrascht an. «*Wir?* Wieso sagen Sie *wir*? Sie sind doch nicht verheiratet.»

«Ich werde Peter im August heiraten», hörte sie sich mit einer Stimme antworten, die ihr wie die einer Fremden vorkam. «Ich will endlich Ordnung in mein Leben bringen.»

Er ließ sie sofort los, und es schien ihm Mühe zu bereiten, die Kontrolle über sich nicht zu verlieren. «Dann möchte ich Ihnen nur noch Giovannis Grab auf dem Friedhof hier zeigen», sagte er. «Danach sollten wir uns nie mehr wiedersehen.»

ACHT

Auf dem Friedhof in Catania, wo Roberto sie wortlos zur Gruft der Familie Piazzolo führte, hatte Stefanie nur jene Traurigkeit empfunden, die sie auch in München manchmal befiel. Sie verschwand meist wieder, wenn der Alltag, die Agentur oder Peter Stefanie in Anspruch nahmen. Doch diesmal erschien es ihr, als wären ihr sämtliche Gefühle für alle Zeiten abhanden gekommen.

Die Halskette mit Medaillon hatte sie sofort nach ihrer Rückkehr aus Catania vom Hals gerissen und in den Kleiderschrank geworfen. Sie wollte nur noch das Hotel verkaufen und danach Sizilien nie wieder besuchen.

Sie nahm nach wie vor die Mahlzeiten im Restaurant ein und verbrachte jeden Vormittag und Nachmittag eine Stunde im Garten. Sie redete mit Tozzi über geschäftliche Angelegenheiten und scherzte wie früher gelegentlich mit Caterina und Gabriella. Doch sie empfand nichts mehr dabei.

Sogar als Notar Bonello ins Hotel kam, um ihr den Grundbuchauszug zu überreichen, der sie als Eigentümerin auswies, mußte sie sich zwingen, Freude darüber zu heucheln. «Wie haben Sie das nur so schnell geschafft?» fragte sie den Notar und bat ihn zu einem Glas Champagner auf die Terrasse, doch auch dort verhielt sie sich wie ein Roboter.

«Ist es wahr, daß Sie das *Italia* verkaufen wollen?» fragte Bonello höflich. «Giovanni Piazzolo hat mit seinem Vermächtnis gewiß bestimmte Hoffnungen verbunden. Er hat das Hotel sehr gemocht und gehofft, daß Sie es weiterführen würden.»

«Mir bleibt nichts anderes übrig», antwortete Stefanie und bemühte sich, betrübt zu wirken. «Herr Piazzolo hat es sich leisten können, immer wieder Verluste auszugleichen. Mir fehlt dafür leider das Geld.»

Sie bemerkte kleine Schweißperlen auf der Stirn des Notars, und als er höflich bat, die Jacke ausziehen zu dürfen, nickte sie überrascht. «Selbstverständlich!»

Ist es wirklich so heiß auf der Terrasse? dachte sie. Seit ich in Catania war, friere ich nahezu ständig. Doch da wandte sich ihr Bonello wieder zu. «Giovanni hat das Hotel in den letzten Jahren zweifellos vernachlässigt. Aber so etwas läßt sich korrigieren. Bei allem Respekt für Herrn Tozzi ... Er hat getan, was er konnte, aber auch der beste Oberkellner ist kein Manager.»

«Ich bin es auch nicht!» antwortete sie. «So schwer es mir fällt – ich werde verkaufen müssen.»

Bonello stand abrupt auf und zog seine Jacke an. «Dann passen Sie gut auf, daß man Sie nicht betrügt! – Meine Tätigkeit ist mit der Übergabe des Katasterauszugs erledigt.»

«Das habe ich vermutet», sagte sie. «Was schulde ich Ihnen für Ihre Bemühungen?»

«Keine Lira!» erwiderte der Notar. «Ich hatte lediglich den Wunsch eines langjährigen Freundes zu erfüllen. Alles Gute für Ihre Zukunft, Signora. Leben Sie wohl.»

«Vielen Dank für Ihre Mühe», rief sie ihm noch nach, als er mit schnellen Schritten zum Restaurant eilte, doch er drehte sich nicht mehr um. Irgend etwas stimmt nicht mit mir, dachte Stefanie betroffen.

Sie ging über die schmale Gasse am *Hotel Metropol* vorbei, und dann die Küstenstraße entlang. Das Meer glitzerte in der grellen Mittagssonne. An der Mole hämmerten Fischer an ihren Booten und bemalten sie noch bunter. Auf der lebhaften Strandpromenade waren die Eingänge vieler Restaurants mit grünen Zweigen und Blumen geschmückt, doch Stefanie fühlte sich wie innerlich abgestorben.

Sie wechselte die Straßenseite, betrachtete gelangweilt die Auslagen der Boutiquen und Andenkenläden, aber sie nahm nicht einmal wahr, daß auch viele Schaufenster schon für die Ostertage dekoriert wurden. Sie aß in einem Lokal am Strand lustlos einen Teller Spaghetti und lief dann langsam zum *Hotel Italia* zurück.

«Der Notar hat mir endlich den Katasterauszug gebracht», berichtete sie Peter, als er am Abend anrief. «Am besten, du kommst her und verhandelst mit Castiglio über einen höheren Preis. Oder soll ich einen Makler aufsuchen? Die Angestellten fragen schon dauernd, wann ich verkaufe.»

«Immer mit der Ruhe», hörte sie Peters Stimme durchs Telefon. «Du bittest Herrn Tozzi jetzt, ein möglichst gutes Zimmer für einen Sachverständigen vorzubereiten. Das wird alles viel schneller über die Bühne gehen, als du glaubst. – Paß gut auf dich auf, Liebste. Ich habe ständig Sehnsucht nach dir.»

«Ich auch!» sagte sie, schaltete das Handy aus und ging ins Restaurant. Caterina brachte ihr sofort eine kleine Portion Makkaroni mit Krabben an den Tisch. «Buona sera, signora! – Möchten Sie als *secondo piatto* Huhn in Weinsoße oder lieber das *Bistecca di filetto*?»

«Weder das eine noch das andere», sagte Stefanie und bat

Mario Tozzi nur um eine Flasche *Acqua minerale.* «Ach, übrigens», fügte sie hinzu. «In den nächsten Tagen wird ein Hotelfachmann zu uns kommen. Geben Sie ihm ein Zimmer mit Meerblick.»

«Ein Deutscher?» fragte Tozzi erstaunt.

«Keine Ahnung!» antwortete sie und erschrak, als ihr bewußt wurde, wie wenig sie das alles noch berührte.

In der folgenden Woche bemühte sich Stefanie, so gut sie konnte, ihr inneres Gleichgewicht wiederzufinden. Es gibt nicht den geringsten Grund, traurig zu sein, redete sie sich immer wieder ein, wenn sie sich im Garten auf einer Liege sonnte oder am Meer entlang spazierenging.

Heute hatte sie in einer Boutique zwei wunderschöne T-Shirts gekauft, und als sie sich an den Tisch ihres Lieblingscafés am Lido setzte, hatte sie das Gefühl, daß es ihr immer mehr gelang, wieder zu sich zu finden.

Ich habe ein erhebliches Vermögen geerbt, dachte sie. Peter liebt mich. Wir werden in spätestens einem halben Jahr heiraten, und danach beginnt ein völlig neues Leben. Ich sollte dankbar für das alles sein. Welche Frau hat schon so viel Glück wie ich?

Inzwischen war der von Peter angekündigte Sachverständige im Hotel eingetroffen, doch er nahm ihre Zeit kaum in Anspruch. «Ihr Hotel entspricht zwar nicht mehr den Anforderungen der Zeit», hatte ihr Umberto Sapienza schon am ersten Abend erklärt. «Aber für hundertvierzigtausend Euro würde ich es nicht verkaufen. Das Haus ist nicht schlecht. Nur arg vernachlässigt.»

«Dann schreiben Sie mir ein entsprechendes Gutachten», bat sie ihn. «Herr Tozzi wird Ihnen sämtliche Unterlagen zugänglich machen. Wenn ich Ihnen sonst noch behilflich sein kann ... Ich stehe Ihnen jederzeit zur Verfügung.»

Seither hielt sich Sapienza nahezu ständig im Haus auf. Sie sah ihn regelmäßig in Tozzis Büro über den Geschäftsunterlagen sitzen. Caterina hatte ihr berichtet, daß Emanuele Fava immer nervöser geworden wäre, als Sapienza zwei Tage hintereinander den Nachmittag und Abend bei ihm in der Küche verbracht hatte.

«Che cosa desidera bere?» riß sie eine junge Frauenstimme aus ihren Gedanken. Stefanie sah auf und blickte in das Gesicht einer jungen Kellnerin.

«Una granita limone, per favore», bestellte Stefanie. Gab es nicht genug Gründe, mit sich und der Welt zufrieden zu sein?

Vor zwei Tagen hatte sie sogar den Architekten begrüßt, mit dem Sapienza das Hotel vom Keller bis zum Dach besichtigte. Er nahm seine Arbeit als Gutachter offensichtlich ernst. Sie wußte inzwischen, daß Sapienza sechsundsechzig Jahre alt war und im Ruhestand in Rom lebte, nachdem er mehr als vierzig Jahre für Hotels in Frankreich, Italien und zwei Jahre sogar in San Francisco tätig gewesen war.

«Wenn ich mir nicht hin und wieder ein Zubrot verdienen müßte ...», hatte er ihr gestern beim Frühstück erklärt. «Ich habe genug von der Welt gesehen. Jetzt genügt mir meine kleine Wohnung an der *Piazza S. Maria.*»

«Da habe ich auch mal eine Zeitlang gelebt! Gibt es das *Sabatini* noch?» hatte sie gefragt und sich auf den Schmerz vorbereitet, den sie jedesmal empfand, wenn sie etwas an Rom erinnerte. Doch diesmal war er ausgeblieben, als der großgewachsene grauhaarige Römer die Pasta mit Langusten dieses Restaurants gepriesen hatte.

Vielleicht heilt die Zeit tatsächlich alle Wunden, dachte sie, während sie langsam zum *Italia* zurücklief.

In der Küche waren Emanuele Fava und die beiden jungen Frauen schon mit den Vorbereitungen für das Abendessen beschäftigt. Sie nickte ihnen freundlich zu und hatte gerade eine Tasse unter die Kaffeemaschine gestellt, als Umberto Sapienza in die Küche kam. «Ich bin mit meiner Arbeit nahezu fertig. Wenn Sie wollen, können wir darüber reden, bevor Sie mein Gutachten schriftlich bekommen.»

Stefanie sah zu, wie der Kaffee aus der *Gaggia* in die Tasse träufelte, und sie nickte: «Meinetwegen können wir das sofort erledigen. Wollen Sie auch eine Tasse Kaffee?»

In der Nacht nach ihrem Gespräch mit dem Hotelfachmann schlief sie ruhig, und als sie wie jeden Morgen die Vorhänge in der Eigentümerwohnung zur Seite schob, die Tür zum Garten öffnete und die würzige Luft einatmete, erinnerte sie sich wieder an ihre Unterhaltung mit Umberto Sapienza. Zweihundertsechzigtausend Euro? dachte sie. Mehr als eine halbe Million Mark? Mein Hotel soll tatsächlich fast doppelt soviel wert sein, wie Direttore Castiglio dafür bietet?

Inzwischen hatte sie es schwarz auf weiß, und sie wunderte sich, wie wenig sie sich über das Wertgutachten freute. Gewiß, überlegte sie. Eine halbe Million ist sehr viel Geld, und Geld bedeutet Sicherheit. Aber ist Sicherheit wirklich das höchste Gut im Leben?

Auf alle Fälle bekommt man in München eine Eigentumswohnung dafür, dachte sie, während sie ihren Pyjama auszog und ins Bad ging. Als sie vor dem Kleiderschrank überlegte, was sie anziehen könnte, erinnerte sie sich an ihr Telefongespräch mit Peter am Vorabend. Der freut sich mehr über den Wert des Hotels als ich, dachte sie verwundert. Hat er tatsächlich gesagt, ich soll ihn schon heute am Flughafen in Catania abholen? Das kann doch nicht wahr sein!

Sie eilte zu dem Tisch, auf den sie achtlos Sapienzas Gutachten gelegt hatte, und als sie ihre Notizen sah, wußte sie, daß sie von Peters Ankunft nicht nur geträumt hatte.

Peter morgen Flughafen, hatte sie auf den Umschlag des Gutachtens gekritzelt. *Ankunftszeit Telefax* stand dahinter, und als sie darunter noch zwei unterstrichene Bemerkungen sah, fiel ihr wieder ein, wie sie sich verhalten sollte.

Sie zog sich ihre Jeans und einen Pullover an, nahm das Gutachten aus dem Umschlag und ging damit in den Empfangsraum. Mario Tozzi stand in seiner unvermeidlichen schwarzen Weste hinter der Rezeptionstheke und legte gerade zwei Reisepässe in eines der Fächer für die Post der Gäste. «Buon giorno, signorina!» begrüßte er sie freundlich. «Ein wunderschöner Tag heute, nicht wahr?»

«Kann man wohl sagen! – Herr Scholz wollte mir mitteilen, wann er in Catania ankommt. Ist sein Fax schon eingetroffen?»

Tozzi ging in sein kleines Büro und schüttelte den Kopf, als er zurückkam. «Leider noch nicht, signorina.»

«Dann achten Sie bitte auf das Gerät und bringen mir das Fax, wenn es da ist. Ich muß danach sofort zum Flughafen.»

Sie legte ihm das Wertgutachten auf die Theke. «Sobald ich weggefahren bin, lassen Sie dieses Gutachten bitte dreimal fotokopieren. Aber kümmern Sie sich bitte persönlich darum.»

«Selbstverständlich!» versicherte er. «Ich gebe doch solche Urkunden nicht aus der Hand.»

«Habe ich keinen Augenblick vermutet. – Ach so, noch etwas. Buchen Sie bitte drüben in Taormina ab morgen für zwei Nächte in einem möglichst guten Hotel ein Zimmer auf meinen Namen. Herr Scholz wird zwar wieder bei mir wohnen, aber wir erwarten noch einen sehr wichtigen Herrn aus Deutschland.»

Tozzi sah Stefanie überrascht an. Einen Augenblick glaubte sie, er wolle sie etwas fragen, doch dann nickte er nur. «Ich werde mein möglichstes tun. Aber es wird nicht einfach sein. Jetzt in der Osterwoche sind alle guten Hotels ausgebucht.»

«Habe ich mir gedacht», sagte sie. «Versuchen Sie es notfalls mit einem persönlichen Geldgeschenk an einen Ihrer Kollegen. Fünfhunderttausend Lire zusätzlich ohne Quittung ist mir dieses Zimmer allemal wert.»

Mario Tozzi versuchte zu lächeln, doch es gelang ihm nicht. «Ich werde Himmel und Hölle in Bewegung setzen, aber versprechen kann ich Ihnen nichts.»

«Brauchen Sie auch nicht! – Und wenn mein Fax gekommen ist ... Ich gehe jetzt frühstücken. Danach finden Sie mich im Garten.»

In der Ankunftshalle des Flughafens Catania war ein Betrieb wie in einem Kaufhaus beim Schlußverkauf. Schwarz gekleidete alte Frauen warteten auf ihre Männer oder Söhne, die im Ausland lebten, aber Sizilianer geblieben waren. Zu Ostern und Weihnachten kamen sie jedes Jahr für ein paar Tage in ihre Heimat zurück.

Vor der Tür des Raumes, in dem die Passagiere nach der Ankunft manchmal eine Stunde warten mußten, bevor sie ihr Gepäck von einem Fließband klauben konnten, standen

Reiseleiterinnen, jede ein großes Schild mit dem Namen ihres Unternehmens in der Hand.

Stefanie ging zuerst suchend durch die Halle und stellte sich schließlich, als sie Peter nirgends entdeckte, zu den alten Frauen an die Tür. *Ankunft dreizehn Uhr zehn aus Zürich*, hatte Peter gefaxt. Sie überlegte noch immer, was das bedeuten sollte, da sah sie ihn mit einem kleinen Koffer in die Ankunftshalle kommen. Sie wäre ihm am liebsten entgegengeeilt, aber etwas hielt sie zurück.

Plötzlich lächelte er. Er kam zu ihr, stellte seinen kleinen Koffer auf den Fußboden und legte beide Hände auf ihre Schultern. «Gut siehst du aus, Liebste! Dein langes Haar und deine dunkle Haut ... Ich hätte dich fast für eine Italienerin gehalten.»

«Dann gib deiner Italienerin wenigstens einen Kuß! Ich wußte schon gar nicht mehr, wie du aussiehst.»

Er zog sie an sich und küßte sie. Sie roch den vertrauten Duft seines Rasierwassers, spürte seine Lippen – und wunderte sich, daß sie ihre Augen nicht schloß. Sie hatte das Gefühl, als ob sie ihr Vater mit einem Kuß begrüßte.

«Du hast doch hoffentlich alles so geregelt, wie wir es gestern abend besprochen haben?» fragte Peter.

Sie nickte, noch immer verwirrt. «Selbstverständlich! Aber wieso kommst du aus Zürich? Weshalb das zweite Zimmer in einem anderen Hotel? Erwartest du noch jemanden?»

«Keine Spur!» sagte er. «Ich habe lediglich keinen Direktflug mehr bekommen. Wahrscheinlich wegen der Osterferien. Und was das zweite Zimmer betrifft ... Ich glaube, das werden wir spätestens übermorgen abbestellen können. Vielleicht sogar schon heute.»

Sie erreichten den Parkplatz, auf dem Stefanie den Lieferwagen des Hotels abgestellt hatte. Sie wollte die Autotür aufschließen, doch Peter schüttelte den Kopf und nahm ihr den Schlüssel aus der Hand. «Laß mich hinter das Lenkrad! Ich möchte mal wieder so eine alte Klapperkiste fahren.»

Stefanie setzte sich auf den Beifahrersitz, und als sie die Autobahn erreichten, fühlte sie sich, als ob sie bei einem Freund im Auto säße. Einem guten, zuverlässigen Freund. Einem Freund, den sie schätzte und achtete, aber nicht im geringsten begehrte.

«Wie lange kannst du denn hierbleiben?» hörte sie sich fragen, während sie zum Ätna blickte, über dem eine dunkle Wolke im blauen Himmel hing.

«Ich muß spätestens Mittwoch wieder in der Bank sein. Aber wahrscheinlich werden wir schon am Montag zurückfliegen können. Bis dahin wird der Vertrag unter Dach und Fach sein.»

Stefanie glaubte, sie höre nicht recht. «Bis Montag? Du hast nicht zufällig vergessen, daß Ostern hier das wichtigste Fest ist?»

Peter schüttelte langsam den Kopf. «Das paßt sogar sehr gut in meine Pläne.»

Sie blickte wieder zu ihm hinüber, und als sie das selbstsichere Lächeln in seinem Gesicht sah, erschien er ihr plötzlich nicht mehr wie ein guter Freund, sondern wie ein Fremder.

Und welche Rolle habe ich in seinen Plänen? dachte sie. Die Rolle der Mutter seiner Kinder, die das Einfamilienhaus hütet, während er sich um seine Karriere kümmert? Die Rolle der ersten Ehefrau, die spätestens nach fünfzehn

Jahren durch eine andere ersetzt wird? – Unsinn, dachte sie. Peter liebt mich. So etwas würde er mir niemals antun.

«Liebste, du hast Tozzi doch beauftragt, das Wertgutachten fotokopieren zu lassen?» riß sie seine Stimme aus ihren Gedanken.

«Selbstverständlich. Ich habe ihn auf dem Weg zum Flughafen vor dem Copyshop abgesetzt. Das müßte längst erledigt sein.»

Peter blickte auf seine Armbanduhr. «Ausgezeichnet! Dann liegt es seit mindestens drei Stunden im *Metropol* beim Direktor auf dem Tisch. Verlaß dich darauf! Er wird spätestens morgen Kontakt mit uns aufnehmen.»

«Sag bloß, das zweite Zimmer sollte Tozzi nur reservieren lassen, damit Castiglio glaubt, es gäbe noch einen anderen Interessenten für mein Hotel?»

Peter nickte, und als er antwortete, schwang in seiner Stimme eine Überheblichkeit mit, die sie frösteln ließ. «Genau! – Das *Italia* im gegenwärtigen Zustand ist für das *Metropol* keine Konkurrenz. Aber wenn deutsche Investoren das Haus kaufen und eine Edelherberge mit Privatstrand daraus machen würden ... Nur ein paar hundert Meter vom *Metropol* entfernt ... Verlaß dich darauf! Wenn Castiglio das nicht verhindert, muß er sich einen neuen Arbeitgeber suchen. Nicht ganz einfach in seinem Alter!»

Stefanie bemühte sich, Peter bewundernd anzublicken. «Genial! Das macht Sinn. Aber dich möchte ich nie zum Gegner haben.»

Er legte seine rechte Hand auf ihren Oberschenkel. «Hast du doch nicht. Ich liebe dich, und wir werden heiraten.»

«E' da tanto che non ci vediamo, Signor Scholz», begrüßte Tozzi Peter an der Rezeptionstheke. «Wie lange werden Sie denn diesmal bei uns bleiben?»

«Höchstens bis Dienstag. Ich möchte nur die Ostertage hier verbringen. Danach muß ich leider wieder zurück nach München.»

«Dann sollten Sie sich zumindest eine Karfreitagsprozession nicht entgehen lassen! Dafür kommen viele sogar bis aus Amerika zu uns.»

Peter griff nach seinem Koffer. «Wahrscheinlich alles Mafiosi, was? Haben Sie noch ein Zimmer für den Herrn bekommen, den ich morgen erwarte?»

Tozzi nickte. «Im *San Domenico Palace* in Taormina hat ein Gast in letzter Minute storniert.» Er sah Stefanie nervös an. «Eindeutig das beste Hotel in Taormina und entsprechend teuer! Aber Sie hatten mir gesagt ...»

«Kein Problem», antwortete Stefanie. «Für diesen Besucher ist das Beste gerade gut genug.»

Tozzi griff nach einem dicken Briefumschlag und übergab ihn ihr. «Hier. Ihre Fotokopien!»

Sie ging mit Peter in die Eigentümerwohnung, wo er sofort den Koffer öffnete und seinen blauen Anzug auf einen Bügel hängte. Als er die Falten in der Jacke glattstrich, mußte sie plötzlich lächeln. So ist er eben, dachte sie. Zuverlässig, umsichtig und tüchtig in seinem Beruf. Einen besseren Vater könnte ich mir für meine Kinder nicht wünschen.

«Ich will nur noch mal unter die Dusche», sagte sie. «Und danach gehen wir zwei Stunden am Meer spazieren.» Als sie erst im Bad ihre Jeans auszog, wunderte sie sich über ihr Verhalten. Schäme ich mich etwa vor meinem zukünftigen Ehemann? dachte sie gerade, als jemand an die Tür der Eigentümerwohnung klopfte. Sie hörte Peters Schritte auf dem harten Terracotta, danach Tozzis aufgeregte Stimme.

«Entschuldigung! Direttore Castiglio wartet am Empfang. Er möchte Frau Berger dringend sprechen.»

«Das ist leider augenblicklich nicht möglich», sagte Peter. «Sie steht gerade unter der Dusche. Aber wenn es wirklich so dringend ist … Richten Sie ihm bitte aus, daß wir ihn gern zwischen neun und zehn auf unserer Terrasse erwarten.»

Stefanie hörte, daß sich Peters Schritte dem Bad näherten. Sie konnte sich gerade noch hastig ein Badetuch um ihre Hüften schlingen, dann öffnete er schon die Tür. «Wie ich vermutet habe! Der feine Herr aus der Schweiz hat Angst um seinen Job!»

«Du bist eben der Größte», sagte sie und schob ihn aus dem Bad. «Heute möchte ich mich besonders schön für dich machen.»

Peter hatte sie gebeten, für die Besprechung mit dem Hoteldirektor ihr dunkelblaues Kostüm anzuziehen, doch weder Castiglio noch sein Assistent schenkten ihr besondere Beachtung.

«Bei unserem Angebot sind uns leider einige Fehler unterlaufen», eröffnete der Direktor das Gespräch. «Aber wir konnten den Wert nur sehr grob schätzen.»

«Das verstehe ich», sagte Peter freundlich. «Ich mache Ihnen gerne ein Gutachten zugänglich, das Frau Berger für einen anderen Interessenten anfertigen ließ.»

Er holte seinen Aktenkoffer aus der Wohnung, gab Castiglio eine der Kopien, die Tozzi besorgt hatte, und Castiglio las das Papier so gründlich, als sähe er es zum ersten Mal.

«Zweihundertsechzigtausend Euro erscheinen mir etwas überhöht», sagte er dann in seinem langsamen Schweizerdeutsch, während er das Gutachten an seinen Assistenten weiterreichte. «Ihr Hotel hat nicht einmal einen Pool.»

«Allerdings einen Privatstrand! Im Gegensatz zum *Metropol.* Aber wir möchten Sie keinesfalls zu einem Abschluß drängen. Wie ich bereits andeutete ... Eine deutsche Holding interessiert sich gleichfalls für das Objekt.»

Je länger Stefanie dem Gespräch zuhörte, desto mehr Unbehagen empfand sie. Holding, dachte sie. Objekt. – Sehen die Männer nicht, wie schön sich die beleuchteten Palmen und Zypressen vom Nachthimmel abheben? Hören sie nicht das Meer rauschen? Riechen sie nicht mehr die Düfte von Jasmin und Oleander? Doch davon ganz abgesehen – weshalb fragen sie mich nicht zumindest aus Höflichkeit nach meiner Meinung? Es geht doch um mein Hotel!

«Sie werden selbstverständlich an den Meistbietenden verkaufen wollen», sagte Castiglio langsam, und als Stefanie Peter antworten hörte, fühlte sie sich wie eine Völkerkundlerin, die unbekannte Rituale eines fremden Stammes beobachtet.

«Durchaus nicht!» sagte er. «Frau Scholz ist deutsche Staatsbürgerin. Im Hinblick auf die Erbschaftssteuer erscheinen mir die Formulierung des Kaufvertrags und die Zahlungsmodalitäten wichtiger.»

Der Schweizer lächelte fein. «Das verstehe ich! Ich würde gern kurz mit meinem Assistenten unter vier Augen reden.»

«Selbstverständlich! Genießen Sie die Schönheit unseres Gartens!»

Die beiden Männer standen auf, und als sie außer Sicht waren, wandte Stefanie sich besorgt Peter zu. «Ich mache keine krummen Geschäfte. Und Ärger mit dem Finanzamt möchte ich auch nicht.»

Er strich ihr liebevoll über das Haar. «Keine Sorge, Liebste! Das läuft alles wie geschmiert. Er wird zweihundertfünfzig bieten. Davon achtzigtausend auf ein Konto in der Schweiz.»

Sie wollte gerade antworten, da kamen die beiden Männer schon auf die Terrasse zurück. «Zweihundertfünfundvierzigtausend Euro», sagte Castiglio. «Wenn Sie wollen, können wir den Vertrag bereits übermorgen ausfertigen lassen. Ein Vorstandsmitglied unserer Gesellschaft wohnt während der Ostertage bei uns im Hotel.»

Peter schien verblüfft. «Doch nicht etwa wegen der Prozessionen? Ich dachte, die meisten Schweizer sind Protestanten.»

«Signor Mancini lebt in Mailand und ist Italiener!» antwortete Castiglio. «Wir erwarten Frau Scholz und Sie übermorgen gegen zehn Uhr bei uns im *Metropol*.»

«Wir werden pünktlich sein», versprach Peter. «Aber sorgen Sie bitte für einen Notar, der auch die deutsche Sprache beherrscht. Ich verstehe kein Italienisch.»

Direktor Castiglio und sein Assistent hatten sich gerade verabschiedet, da kamen Mario Tozzi und Emanuele Fava aus dem Restaurant. Tozzi brachte auf einem Tablett eine Flasche Champagner und vier Gläser. Der Koch stellte eine Platte mit geräuchertem Lachs auf den Tisch.

«Unseren herzlichen Glückwunsch», sagte Mario Tozzi.

«Verstehen Sie das bitte nicht falsch, aber wir möchten Ihnen für Ihre Entscheidung danken. Wir haben uns große Sorgen gemacht. Jetzt bleibt das *Italia* nicht nur erhalten, sondern es wird einen Rang bekommen, auf den wir stolz sein können.»

Peter schüttelte den Kopf. «Sehr freundlich von Ihnen! Aber ich feiere einen Vertrag nie, bevor er unterschrieben ist. Bringen Sie bitte die Sachen in die Küche zurück.»

Stefanie blickte Peter erstaunt an. Wie kann man nur Menschen so behandeln? Sie stand auf, nahm vier Sektgläser vom Tablett und drückte Tozzi die Champagnerflasche in die Hand. «Ich möchte jetzt trotzdem ein Glas Champagner», sagte sie zu Tozzi. Dann wandte sie sich zu Peter: «Nicht um etwas zu feiern, sondern weil ich Appetit darauf habe. Und Ihr Lachs sieht auch sehr verlockend aus, Signora Fava. – Herr Tozzi, welche der Prozessionen sollten wir uns morgen ansehen?»

«Die *Processione dei Misteri* in Trápani», sagte Tozzi. Der Koch stimmte ihm zu. «Sie nehmen am besten die Autobahn über Enna und Palermo. Dann dauert die Fahrt knapp vier Stunden. Aber die Prozession beginnt ja erst nach dem Mittagessen um zwei.»

Sie saßen noch eine halbe Stunde auf der Terrasse. Danach ließ sich Stefanie beim Abschminken im Bad besonders viel Zeit, und als sie ins Schlafzimmer kam, lag Peter schon im Bett. Sie zog sich den Pyjama an und legte sich neben ihn. Er griff sofort nach ihr.

«Du hast mir sehr gefehlt», hörte sie seine Stimme aus dem Dunkel. Sie fühlte, daß er ihr die Pyjamahose von den Hüften zog. Als sie seine Hände auf ihrer Haut spürte und dann seine Lippen, krampfte sich alles in ihr zusammen.

Was ist nur mit mir los? dachte sie, als er in sie eindrang und sie nichts als Widerwillen empfand. Doch sie ließ ihn gewähren und lag danach noch lange neben ihm wach, während er schon schlief.

Am Karfreitag war auf der Autobahn wenig Verkehr. Mario Tozzi hatte ihnen seinen *Lancia* geliehen, der Peter immer besser gefiel. «Ich hätte nie gedacht, daß die Italiener inzwischen so gute Autos bauen können», sagte er, als sie Catania erreichten.

Stefanie zwang sich zu einer Antwort: «Ich halte deinen BMW für einen besseren Wagen.» Noch immer fühlte sie sich wie erstarrt. Irgend etwas muß in mir zerbrochen sein, dachte sie. Und Peter bemerkt es nicht einmal.

Sie blickte nach vorn durch die Windschutzscheibe. Sie sah die Obstgärten rechts und links der Autobahn. Olivenhaine, Orangenplantagen und über allem der Vulkan, doch auch die Schönheit der Landschaft ließ sie plötzlich kalt. Erst kurz vor Enna, als sie an Weinbergen vorbeifuhren, erinnerte sie sich an ihre Ausflüge mit Roberto zum Ätna und an den Fischmarkt in Catania, aber sie empfand keinen Schmerz bei ihren Gedanken an den Sizilianer.

Es war völlig richtig, ihm zu sagen, daß ich heiraten werde, dachte sie. Und auch Roberto hat sich richtig verhalten. Für eine kurze Affäre waren wir uns beide zu schade.

Kurz vor Palermo öffnete sie auf dem Rastplatz einer Tankstelle zwei Lunchpakete, die ihnen der Koch beim Frühstück wortlos überreicht hatte. Peter kam wieder auf das Hotel zu sprechen. «Das ist gestern abend doch wie im Bilderbuch gelaufen! Morgen ist der Vertrag unter Dach und Fach. Aber ich glaube, der Herr aus der Schweiz wird das *Metropol* trotzdem nicht mehr lange leiten. Ist dir aufgefallen, daß man ihm schon einen Aufpasser in die Direktion gesetzt hat?»

Stefanie schreckte aus ihren Gedanken hoch. «Tatsächlich? Ich dachte, Castiglio wollte seinem Assistenten mal zeigen, wie man solche Verhandlungen führt.»

Peter schüttelte lachend den Kopf. «Da irrst du dich gewaltig! Dieser Mann wird über kurz oder lang sein Nachfolger.»

Mario Tozzi hatte ihnen erklärt, daß der Prozessionszug an der Kirche von *San Domenico* beginne, und Peter wollte unbedingt dorthin. Bereits die lange Autofahrt hatte Stefanie ermüdet. Jetzt taten ihr nach dem Weg vom Parkplatz auch die Füße weh.

Trápani war voll gutgekleideter Menschen. An den Tischen der Straßenlokale und Cafés saßen Italiener neben Touristen, die ihre Kameras und Handtaschen festhielten, als erwarteten sie, im nächsten Moment überfallen und beraubt zu werden. In vielen Fenstern hingen große bunte Heiligenbilder, und vor manchen Häusern brannten auf kleinen Altären Kerzen. Die ganze Stadt fieberte dem Fest entgegen.

Sie erreichten eine Straße in der Altstadt, auf der sich vor den Häusern besonders viele Leute drängten, und dort weigerte sich Stefanie, auch nur einen Schritt weiterzugehen. «Wir können den Zug auch von hier aus sehen», sagte sie. «Ich hätte die Sandaletten nicht anziehen dürfen.»

«Meinetwegen hätten wir auf dieses Spektakel auch ganz verzichten können», antwortete Peter verärgert, da wurde es auf einmal ganz still auf der Straße.

Dann hörte Stefanie weit entfernt dumpfe Trommeln, ein Geräusch, das immer lauter wurde, und sie sah eine junge Frau in schwarzer Nonnentracht, die den Zug anführte. Die *heilige Veronika*. Ihr folgten weiß gekleidete Männer in Kutten, deren Gesichter spitze weiße Kapuzen völlig verhüllten, und Peter lachte.

«Wie der Ku-Klux-Klan», sagte er leise. Doch als hinter ihnen andere Männer in roten Kutten auftauchten, die eine schwere, mit Kerzen und Blumen geschmückte große Statuengruppe auf ihren Schultern schleppten, lebensgroße barocke Holzfiguren, römische Legionäre, die Christus marterten, nahm Stefanie Peter neben sich schon nicht mehr wahr.

Hinter der Figurengruppe barfüßige Frauen. Frauen, die laut jammerten und klagten. Danach die nächste Figurengruppe, deren Gewicht ihre Träger fast zu Boden zu drükken schien. Männer mit verhüllten Gesichtern. Frauen, die Choräle sangen und mit langsamen wiegenden Schritten die Heiligenfiguren begleiteten. Eine Darstellung des Leidens Christi nach der anderen. Eine Pilgergruppe nach der anderen, und plötzlich hörte sie Musik.

Traurige Musik, zuerst ganz leise, dann immer lauter, und als die kleine Kapelle an ihr vorbeizog, überfluteten sie plötzlich Bilder, die sie für längst verblaßt hielt, von anderen Bildern überlagert und verdrängt. Ihr kleines Zimmer in Rom. Marcellos Gesicht. Der letzte Abend mit ihm am Trevibrunnen. Ich hätte damals nicht aus Italien weggehen dürfen, dachte sie. Ich wollte das doch nicht, weshalb habe ich mich denn von Marcello getrennt? Etwa aus Rücksicht auf meine Eltern?

Doch dann – gerade zog wieder eine Gruppe schluchzender und jammernder Frauen an ihr vorbei, und blau gekleidete Träger schwitzten unter der Last einer riesigen Madonna – empfand sie plötzlich eine Sehnsucht nach Roberto, die sie erschreckte. Die Fahrt zum Ätna, der Gang über den Fischmarkt. Robertos lässige Ironie, hinter der sie fast in jedem Augenblick seine Traurigkeit wahrgenommen hatte. «Dann möchte ich Ihnen nur noch Giovannis Grab auf dem Friedhof hier zeigen. Danach sollten wir uns nicht wiedersehen.»

Immer wieder Abschied, dachte sie. Und jeder Abschied ein weiterer Verlust. Plötzlich schossen ihr die Tränen in die Augen. Diese Musik! Weshalb macht mich diese Musik so traurig? Verschwommen sah sie, wie eine geschmückte Statuengruppe nach der anderen an ihr vorbeigetragen wurde. Frauen in Nonnentracht sangen Choräle. Pilger im Büßergewand. Christus am Kreuz. Und immer wieder die wehmütige Musik, die ihr fremd war und gleichzeitig so vertraut vorkam, als ob sie die Melodien seit langem kannte. Als hätte sie diese Musik irgendwann nur verloren und jetzt wiedergefunden. Ihr war, als wäre sie nach einer langen Reise endlich am Ziel.

«Was ist denn mit dir los?» hörte sie eine Männerstimme laut neben sich, und sie sah verschwommen Peters Gesicht. «Ist irgend etwas nicht in Ordnung?»

«Ich weiß nicht», hörte sie sich antworten. «Laß uns bitte zum Hotel zurückfahren.»

«Nichts lieber als das!» sagte er. «Diese Veranstaltung kommt mir vor wie eine Show von Masochisten für Touristen.»

Sie gingen langsam zurück zum *Lancia*. Stefanie sagte, daß sie während der Rückfahrt auf der hinteren Sitzbank schlafen wolle, und Peter sah sie besorgt an: «Geht es dir nicht gut?»

«Ach was!» antwortete sie.

Erst kurz vor Mitternacht kamen sie nach Giardini-Naxos zurück, und als sie die Stufen zum *Italia* hinuntergingen, stürzte ihnen Tozzi fast entgegen. «Mi rincresce cha abbiate», begrüßte er sie erregt. Im Empfangsraum ging Emanuele Fava nervös hin und her. «Wir müssen unbedingt mit Ihnen reden! Wir wissen seit heute nachmittag, was Castiglio vorhat.»

Im schwachen Licht der kleinen Lampe auf der Theke sah Stefanie Caterina und Gabriella mit verheulten Gesichtern auf den Sesseln neben der Treppe sitzen. Sie eilte zu ihnen, versuchte sie zu trösten und hörte dem Gespräch der Männer zuerst nur mit halbem Ohr zu.

«Muß das unbedingt jetzt sein?» fragte Peter verärgert. «Sie sehen doch, Frau Berger geht es nicht gut.»

«Dann möchten wir wenigstens mit Ihnen sprechen!» sagte Tozzi. «Wir haben erfahren, daß das *Italia* abgerissen werden soll.»

«Na und?» sagte Peter gelassen. «Dann wollen sie einen Neubau auf dem Grundstück errichten. Erschiene mir auch viel vernünftiger, diese Bruchbude umzubauen.»

Tozzi schüttelte den Kopf. «Peccato! Darum geht es leider nicht! Nach dem Abbruch sollen vorn zwei Parkdecks gebaut werden. Der Garten wird abgeholzt. Und zwischen den Parkdecks und dem Meer wollen sie einen Privatstrand anlegen. Nur für die Gäste des *Metropol*!»

Peter zuckte gelassen mit den Schultern. «Ich kann leider nichts daran ändern. Wer das *Italia* kauft, kann damit machen, was er will. – Lassen Sie uns morgen früh um acht Uhr wecken. Wir haben um zehn einen wichtigen Termin.»

Stefanie glaubte plötzlich, sie höre nicht recht, und dann bäumte sich alles in ihr auf. Weshalb lasse ich über mich verfügen wie ein unmündiges Kind? dachte sie. Als sie sich dann in das Gespräch einmischte, fragte sie sich, wo sie den Mut dafür hernahm.

«Wissen Sie das aus zuverlässiger Quelle, oder handelt es sich nur um Gerüchte?» fragte sie Tozzi. Er sah unsicher zu Emanuele Fava hinüber, ging dann in sein kleines Büro und kam mit einer Kopie zurück.

«Die müssen das seit langer Zeit planen», sagte er verärgert, während er die Bauzeichnung auf der Rezeptionstheke ausbreitete. «Und uns verspricht Signor Castiglio das Blaue vom Himmel.»

Stefanie blickte auf den Plan. Mario Tozzi fing an, ihr die Grundrisse zu erklären, doch sie entdeckte sofort einen kleinen Zettel, der am Rand auf die Kopie geheftet war. *Vertraulich zu Ihrer Kenntnis*, las sie die kräftige Männerhandschrift und darunter zwei Buchstaben: *R. G.* – Roberto Gori.

«Das ist doch alles völlig unwichtig», sagte Peter. «Das Hotel wird morgen verkauft, und was danach passiert, ist uns egal.»

«Aber mir nicht!» sagte Stefanie, und als sie weiterredete, zitterten ihr die Hände: «Gesetzt den Fall, ich würde hierbleiben und das Hotel weiterführen – würden Sie mich dabei weiter unterstützen?»

Emanuele Fava blickte sie ruhig an: «Ich habe bereits heute mittag im *Metropol* gekündigt. Für solche Leute koche ich nicht länger. Ich würde hierbleiben.»

«Und Sie, Signor Tozzi?»

«Ich auch. Ich arbeite seit zwanzig Jahren im *Italia.*»

«Das ist doch Wahnsinn!» hörte sie Peters Stimme. Sie spürte seine Hand an ihrem Arm und riß sich von ihm los. Er griff sofort nach ihrer Hand: «Das können wir nicht machen. Wir haben Castiglio gestern gesagt, daß wir an ihn verkaufen.»

«Ich habe dem Direktor überhaupt nichts versprochen», antwortete sie ruhig. «Und das Hotel gehört immer noch mir.»

So müde Stefanie am nächsten Morgen war, weil Peter fast die ganze Nacht auf sie eingeredet hatte – als sie gegen acht aufwachte, ging sie nur kurz unter die Dusche, zog sich ihre Jeans und einen leichten Pullover an und lief hinaus in den Garten.

Schon jetzt lagen einige Gäste des Hotels in der Morgensonne. Ein älteres Ehepaar joggte im Trainingsanzug auf Stefanie zu. Sie hörte die beiden schnaufend atmen, und als sie ihr zuwinkten, winkte sie lachend zurück.

Nein, dachte sie. Dieses Hotel werde ich niemals verkaufen. Da kann kommen, was will. Sie atmete tief den würzigen Pinienduft ein. Sie sah, daß sich über Nacht die kleinen roten Blüten einer Opuntie geöffnet hatten, die sie schon hatte entfernen lassen wollen. Es kam ihr wie ein gutes Omen vor.

Zweifellos, Peter hatte recht, wenn er von den Verlusten redete, die das Hotel in den letzten Jahren erwirtschaftet hatte. Aber Piazzolo hatte sich um das Haus kaum gekümmert. Sie würde sich anders verhalten.

Stefanie erreichte das Ufer, setzte sich unter eine Palme

und begann zu rechnen. Das Grundstück ist schuldenfrei. Wenn ich eine Hypothek aufnehme, kann ich investieren. Es muß eine Möglichkeit geben, auch die Zimmer in der obersten Etage zu belegen. Einen Lift werde ich doch noch bezahlen können. Ich werde sofort nach Ostern mit Tozzi darüber reden.

Sie blieb noch eine Weile am Ufer sitzen, und als sie in die Eigentümerwohnung zurückkam, fand sie eine Notiz von Peter auf dem Tisch. *Bin schon beim Frühstück. Ich liebe dich.*

Und ich, dachte sie beschämt, liebe ich ihn etwa nicht? Vielleicht brauche ich nur mehr Zeit, dachte sie. Vielleicht will ich nur nicht wieder nach Deutschland zurück. Doch da erinnerte sie sich an die Verabredung mit Direktor Castiglio. Sie ging zum Kleiderschrank, wollte gerade nach dem Bügel mit ihrem dunkelblauen Kostüm greifen, da sah sie in einer Ecke des Schrankes die Kette mit dem Medaillon und legte sie sich um den Hals. Danach ging sie langsam ins Restaurant.

«Ich verstehe dich nicht», sagte Peter, als sie sich mit ihrem Teller zu ihm an den Frühstückstisch setzte. «Hast du hier während meiner Abwesenheit einen anderen Mann kennengelernt?»

«Nicht nur einen!» antwortete Stefanie. «Aber ich habe mit keinem anderen geschlafen – falls es das ist, was du wissen möchtest.»

«Und weshalb zerstörst du dann unsere Beziehung? Du hältst es doch nicht etwa für möglich, daß wir unter diesen Umständen heiraten? Du in Sizilien und ich in München! – So habe ich mir unsere Ehe nicht vorgestellt!»

Stefanie wollte gerade antworten, da kam Gabriella an den Tisch. «Buon giorno, Signora Berger», sagte sie fröhlich. «Un latte macchiata?»

«No, bevo solo un caffè», sagte Stefanie, biß in ihr *Cornetto*, und plötzlich regten sich Schuldgefühle in ihr. Hat dieser Mann für mich nicht immer getan, was er konnte? Hat er sich nicht um meine Angelegenheiten gekümmert, als wären es seine eigenen?

«Vielleicht mache ich den größten Fehler meines Lebens und brauche nur einige Zeit, bis ich wieder weiß, was ich wirklich will», sagte sie. «Es gibt doch das Telefon! Ein Flug zwischen Catania und München dauert nur zwei Stunden …»

«Aber nicht mit mir!» sagte Peter so laut, daß die Gäste an den Nebentischen erschreckt den Kopf hoben. Dann fuhr er leiser fort: «Ich kann Liebe nicht je nach Wunsch ein- oder ausschalten wie einen Fernsehapparat. – Ich verstehe dich nicht mehr! Willst du alles zwischen uns zerstören?»

«Das will ich auch nicht! Aber ich fliege nicht mit nach München zurück. Vielleicht können wir wenigstens gute Freunde bleiben.»

«Daran habe ich noch nie glauben können», sagte Peter. «Eine Freundschaft kann zwar zu Liebe werden, aber aus einer leidenschaftlichen Liebe wird nur sehr selten eine Freundschaft.»

Gabriella brachte Stefanie ihren *Caffè*. Sie trank ihn hastig aus und stand dann auf. «Ich muß jetzt ins *Metropol*. – Willst du wirklich nicht mitkommen?»

Peter schüttelte den Kopf. «Das möchte ich mir ersparen. Ich halte es für einen großen Fehler, daß du hierbleiben willst. Aber ich habe immer noch die Hoffnung, daß du dich letztlich anders entscheiden wirst.» Er lächelte. «Glaube nur nicht, daß ich das für das Ende unserer Liebe halte. Das werde ich nie akzeptieren. Und jetzt gib mir einen Kuß! Ich werde bereits auf dem Weg nach München sein, wenn du ins *Italia* zurückkommst. Du wirst mich bald genauso vermissen wie ich dich. Du wirst zurückkommen, Liebste. Bis dahin wünsche ich dir Glück.»

«Ich dir auch, Peter!» sagte sie und eilte so schnell aus dem Restaurant, daß er ihre Tränen nicht mehr sah. Und es ist trotzdem richtig, dachte sie. Ich kann keinen Mann heiraten, den ich nicht mehr liebe.

Sie ging durch den kleinen Empfangsraum ihres Hotels zur Tür und langsam die enge Gasse entlang. Als sie in der Halle des *Hotels Metropol* neben dem Springbrunnen ein riesiges goldenes Osterei sah, dachte sie an Peters Idee für den Prospekt, den Hahn und das goldene Ei, und mußte mit aller Kraft gegen ihre Traurigkeit ankämpfen.

Castiglio stand sofort vom Konferenztisch auf, als Stefanie sein Büro betrat. Dort saßen noch vier andere Männer sowie – Stefanie war überrascht, als sie ihn erkannte – Notar Bonello aus Catania.

«Wir warten selbstverständlich noch auf Herrn Scholz», sagte Direktor Castiglio. «Aber wenn ich Sie inzwischen mit den anderen Herren bekannt machen dürfte ...»

«Das wird nicht nötig sein!» sagte Stefanie ruhig. «Ich wollte Ihnen lediglich mitteilen, daß Sie sich für Ihr Parkhaus ein anderes Grundstück suchen müssen. Ich werde mein Hotel nicht verkaufen, sondern mich persönlich darum kümmern. Ich bleibe hier in Giardini-Naxos.»

Es wurde plötzlich still im Büro. Castiglio und die fremden Männer wirkten erstarrt wie die Holzfiguren in Trápani. Nur Bonello sah freundlich zu ihr herüber. Ein zufriedenes Lächeln glitt über sein Gesicht.

WUNDERLICH TASCHENBUCH

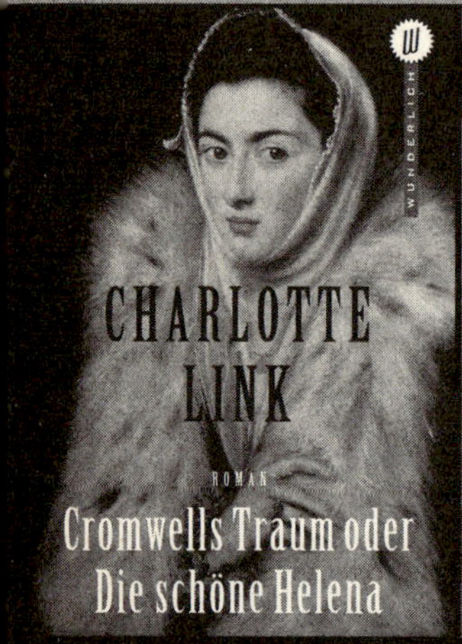

26128-6

26132-4

26175-8

Bestseller zu attraktiven Preisen.

Jeden Monat neu als Wunderlich Taschenbuch.

Wir wünschen gute Unterhaltung!